# 北条義時のいる風景

我が国を蒙古襲来から救った異形の英雄と、
暗殺され配流された二人の天才歌人

杉 晴夫

文芸社

# はじめに

著名な歴史小説作家海音寺潮五郎の名作に『悪人列伝』がある。筆者も愛読した。ここで筆者が感じたのは、昔天子を廃し三人の上皇を配流した極悪人、北条義時がなぜ記述されていないか、であった。他の記述されている人物にはそれほど悪人とは思われない者も多く含まれていたからである。

この理由から筆者は、自分が生理学者で歴史には素人であることも顧みず、義時について調べ、小説に書いてみたいと思っていた。

筆者なりに調べてゆくうち、筆者には義時の巨大な姿が現れてきた。彼の行った行為は表面的には陰険、悪辣であるが、その底には鎌倉武士の統一という一貫した目的で貫かれている。この鎌倉武士の統一があったればこそ、彼は後鳥羽上皇の追討院宣を一身にうけてもゆるがなかったのであり、逆に上皇を打倒して、武士が政治を行う体制を作りあげたのである。

折しもこの頃、我が国にとって未曽有の国難、蒙古襲来が迫りつつあった。これに際し鎌倉武士が我が国の政治を司る体制が確立していなければ我が国の運命は危機に陥っていたであろう。したがって見かけは悪辣で異形ながら、義時は実は我が国の大恩人、英雄だったのである。彼が将軍で天才歌人であった源実朝を暗殺したことも、後鳥羽上皇を隠岐に配流したことも、鎌倉武士たちをひとつにまとめるためには絶対に必要なことであった。

こうして筆者は半ば義時の魅力の虜となり、彼の人物像を筆者なりに捉えた本書を書き上げたのである。本書はなるべく会話体を使用し、臨場感を読者に与えるよう心がけた。

本書の設定は独特で、冒頭に義時と同年代の有名な武士、畠山重忠を登場させることである。そして重忠に義時の将来を予言させ、これが次々と的中してゆく。そして、義時が目的を果たして最後を迎える時、重忠が夢に現れ、義時の行為を決算する。これが成功したか否かは読者の判断にお任せする。

また本書では、義時によって暗殺された源実朝、京から隠岐に配流された文化的巨人、後鳥羽上皇が隠岐への配流にも屈せず歌道に打ち込む感動的な姿についても、義時によって作られた体制の成果である文永、弘安の役における我が軍の敢闘についても克明に記した。

なお、本書の題名は、ほとんど知られることのない義時の人間像を筆者の想像を交えて描きたかったためで、常に彼が話に登場するわけではない。本書の話は彼の死後も続くのだから。

筆者の少年時代には、蒙古襲来や建武の中興、曽我兄弟、源平合戦、大坂冬の陣・夏の陣などを扱った多くの青少年向けの歴史小説が出版されていた。したがって当時の青少年たちはこれらの書物によって我が国の歴史を学ぶことができた。しかし大戦後八十余年経った現在では、このような「歴史小説」は殆どみられなくなってしまった。

したがって本書は手軽に楽しめる小説であるとともに、歴史の正確な記述がなされており、読者は我が国の歴史、それも最も重要な部分の一つを学ぶことができる。

読者が我が国の大恩人としての北条義時を理解して頂ければ幸いである。

北条義時のいる風景◆目次

## 第四部 時宗と蒙古の襲来 135

■第一部

# 頼朝の鎌倉開府

# 1 富士の裾野の風景

駿河国の富士の裾野は、広大な原生林からなる絶好の狩猟場で、関東の武士たちの狩猟を兼ねた社交場であった。

ある日、この裾野の一角では近国から集まった関東の武士たちが、勢子《せこ》が追い出してくる獣を待ち構えて弓に矢をつがえて待ち構えていた。

この武士たちのなかに一人の大柄な若者がいた。彼は顔の造作が大きく、一見愚鈍な印象を与えるが、よく見れば愛嬌のある顔立ちをしていた。

突然この若者の前に一匹の鹿が現れた。彼は矢を放ったがはずれた。

「やあ、義時殿、あの鹿はあなたの勢子が追い出したのにまたしくじられましたな」

一人の見るからに凛々しい顔立ちの若者が声をかけた。

「いや、私は不器用でいつもこの調子なのです。お恥ずかしいことです」

大柄な若者が答えた。彼は伊豆国の豪族、北条時政の息子、北条義時、声をかけた若者は武蔵国秩父の豪族の息子、畠山重忠であったが、この二人は、同い年の親友であった。

その夜、彼らは他の武士たちも交えて、仕留めた獣の肉を肴に酒宴を持った。一人の武士が言う。

「今日は本当に楽しかった。しかし私は来月から京に上って朝廷、貴族に何年か無料奉仕せねばならない。我々は朝廷から重税を徴収されているというのに」

別な武士が言う。

「昔、平将門様が関東の武士を朝廷から解放しようとされたが討たれてしまった。あれから何年経っただろう」

「もうかれこれ三百年さ」

重忠が答えた。

「しかし私は案外近いうちに世の中が変わるような気がするのだよ、早くそうなればよいのだが」

話題は最近商人を通して伝わってくる蒙古のことにも及んだ。ある武士が言う。

「商人の話では、近頃、我が国の対岸の大陸では、蒙古という民族が勢力を伸ばしているという。いずれ蒙古が大陸を征服して我が国に攻め込んでくるのではあるまいか。昔、刀《と》伊《い》の賊が九州にやって来た時、これを撃退した官人たちは、朝廷からの許しをえずに戦ったと叱責されたというではないか。このような朝廷に我が国の安全を任せておいてよいのだろうか」

義時はこれを聞いて、蒙古のことが気がかりになった。

「もし蒙古が本当に攻めてくるなら、我が国の武士が一つにまとまっていなければ大変なことになるだろう。しかし、今我が国を支配している平家は、昔、武士だったことを忘れ果て、公家のように振る舞い、蒙古のことなど考えない」

次の年も義時と重忠は同じ猟場で一緒になった。重忠が言う。

「私は来年から国元の仕事のため、当分ここには来られなくなるだろう。当分はお別れだ」

そして彼は言った。

「義時殿、あなたは確かに弓矢の芸はつたない。しかしあなたの獣を追い出す術は的確でいつも感心している。あなたはもしかすると、関東の武士を一つにまとめる力をお持ちではないでしょうか」

義時が答える。

「何を言われるのですか、不器用な私にそんな器量のあるはずはありません」

しかし重忠は重ねて言った。

「いや、違います。あなたの獣を見つけ、その行動を的確につかみ、そして適当な場所に追い出す術に私はいつも舌を巻いているのですよ。相手が人間なら、もっと上手くいくでしょう。我々関東武士は互いに意地を張り合っているばかりで、そんな能力はありませんが」

義時は自分が腹黒い人間と言われているようで、よい気持ちはしなかったが、なんとなく重忠に言われたことは忘れてしまった。しかし後年、重忠の言ったことは次々と的中するのである。

## 2 以仁王の令旨

関東から遠く離れた京の都では、もともと平将門の同族であった平清盛が京で朝廷に仕えて、一門が次第に栄達し、平清盛が源義朝との抗争に勝利すると、もとは関東武士であったことは忘れ果て、公家のように官職を得て全国を支配していた。また清盛は意見の合わない後白河法皇を幽閉するなど横暴の限りを尽くしていた。

これに憤慨したのが後白河法皇の皇子、以《もち》仁王《ひとおう》である。彼は資質英邁であったが、腹違いの弟の高倉天皇に皇位で先を越され、すで

以仁王像（模本）
出典：ColBase（https://colbase.nich.go.jp/）

に三十歳の壮年になっていたが、親王の宣下も受けておらず、不遇であった。法皇の処置であったが理由はわからない。そして彼の憤懣は爆発しようとしていた。

また源頼政は、平治の乱で清盛と共に源義朝と戦ったが、義朝と同族であるため、やはり長年不遇であった。ある時、彼の子の源仲綱が、清盛の次男、平宗盛に持っていた名馬を所望され、一度はこれを断ったが、平家の機嫌を損なってはならないと思い直し、名馬を宗盛に譲った。しかし宗盛はこれを根に持ち、この馬に「仲綱」という焼き印を焼き付け、仲綱と呼んで彼を侮辱した。これをきっかけにして、すでに七十七歳の老いた頼政は一期の思い出に平家に反抗して兵を挙げる決心をした。そして以仁王は源頼政の勧めにより、頼政と共に平家打倒に立ち上がる決心をしたのである。

以仁王はある日、実の妹で神につかえる斎院を務めている式子内親王を自邸に呼んだ。二人は仲の良い兄妹であった。

「式子、私はこのたび源頼政と図って、一期の思い出に平氏と、平氏にかつがれた安徳帝打倒の兵を挙げることにしたよ。これは昔、大海人皇子が兄の天智帝の子、大友皇子（弘文天皇）を討って天武帝となった古事にあやかったものなのだ。あなたとはこれまで仲良く楽しく過ごしてきたがこれがお別れになるだろう。どうか達者に暮らしておくれ」

式子内親王は驚き、美しい顔を曇らせて答える。

「まあ、お兄様、何を言われるのですか。ご自分から危険をおもとめになるとは。ここにお住まいなら何不自由なくお暮らしになれますのに」

以仁王は答えた。

「私はこの歳までに弟の高倉帝に皇位で先を越され、弟が死ぬとまたその子の安徳が外祖父に当たる平清盛に擁立されまだ幼いのに皇位についた。私は憤懣やるかたない。生きていても何の見通しも楽しみもない。むしろここで立ち上がり歴史に名を残したいのだよ」

「………」

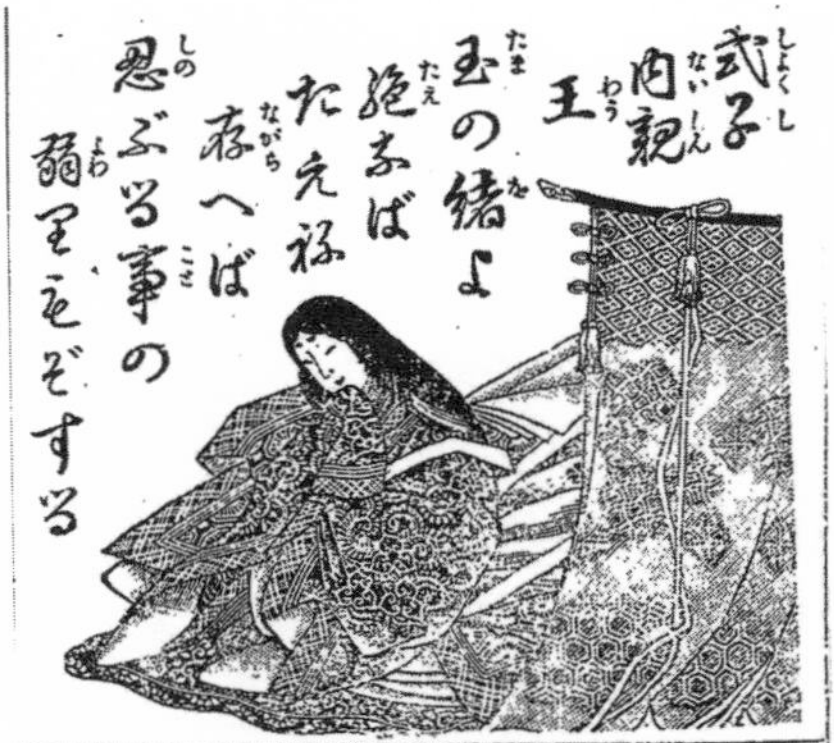


式子内親王（『小倉百人一首』国立国会図書館デジタルコレクション）

ちなみに式子内親王は、よく知られているように後年、あの有名な百人一首の歌「玉の緒よ絶えなば絶えね長らへば　忍ぶることの弱りもぞする」を詠んだ歌人である。百人一首の選者、藤原定家の父に和歌を学ぶ。神に仕える斎院であるため終生独身で過ごした。また、彼女は藤原定家に恋慕されたとの言い伝えがあり、謡曲「定家」が残されている。この謡曲では定家は現れず、式子内親王の霊のみが恋の妄執に取り憑かれた姿で現れる。内親王の墓に定家の墓から伸びてきた葛が纏わりつき、内親王の煩悩が晴れると葛もなくなるが、内親王が姿を消すとまた葛が伸びてきて内親王の墓に纏わりつくのである。

能「定家」（『能樂圖繪』国立国会図書館デジタルコレクション）

ドイツの伝説「トリスタンとイゾルデ」とよく似た話ではないか。大作曲家ワグナーはこれを題材として名作歌劇「トリスタンとイゾルデ」を作曲した。

令旨《りょうじ》は本来、皇太子でしか出せないものなのだが、以仁王は自らを昔の壬申の乱で天智天皇の後継者、大友皇子（弘文天皇）に対して挙兵した大海人皇子、つまり後の天武天皇と見做すこと、つまり「潜在的な天皇」と考えて自ら「最勝親王《さいしょう》」と名乗り、令旨を出す資格があるとしたのである。したがって、令旨による打倒の対象は平家というより、平家によって擁立された安徳帝にあった。このことはよく知られていない。しかし令旨を受ける側では、平家打倒の理由となればそんなことはどうでもよかった。

治承四年（一一八〇年）四月、以仁王は親しい官人、源行家を召して令旨を全国の源氏に伝えるよう命じた。行家は源為義の十男で頼朝の叔父であるが、為義が滅んだ保元の乱には幼少で加わらなかったので咎められず、朝廷の微官であった。ところが、この令旨を受けた熊野別当湛増《たんぞう》が清盛にこの企みを密告したため、早くも五月には清盛の知るところとなった。激怒した清盛は、以仁王を捕らえ土佐に流罪に処することを決め、以仁王の邸宅に兵を派遣したが、以仁王は女装して邸宅から脱出し園城寺に逃げ込んだ。

清盛はこの時点で頼政が以仁王に加担していることを知らず、頼政にも兵を出して園城寺を包囲せよ、と命じていた。しかし頼政は突然以仁王を擁して軍を動かし始めたので平家軍は驚いた。

以仁王と頼政が武力として期待したのは、東大寺、園城寺、興福寺など平氏に反感を持つ大寺院の僧兵であった。以仁王と頼政は千騎余りで奈良の興福寺を目指したが、平家軍に宇治で追いつかれた。頼政は以仁王に向かって言う。

「私どもの企みが露見してこんなことになりました。私は年寄りで、この戦で長年の鬱憤を晴らすことができ、満足しております。しかし以仁王様はまだお若いのにおいたわしいことでございます」

「有難う。しかし私も後悔などしていないよ。私の出した令旨で平家は滅亡するに違いないのだから」

頼政は以仁王を守って平重衡（清盛の五男）を大将とする平家軍と宇治川を挟んで激しく戦ったが敗れ、平等院で自害した。以仁王は頼政が平家軍と戦っている間に奈良の興福寺を目指す途中、流れ矢に当たって亡くなった。この時、興福寺の僧兵たちはすぐ近くまで以仁王を出迎えに来ていたのであった。

以仁王は死んだが、その令旨は行家らによって諸国に送られ、平家打倒が実現するのである。以仁王は望んだとおりその名を大きく歴史に残した。

重衡は同年十二月、清盛の命により四万の大軍で奈良の東大寺、興福寺を攻め大仏殿を焼き払った。清盛は重衡のはたらきに満足した。

# 3 頼朝の挙兵

源義朝は平治の乱で平清盛に敗れ、京を落ち延びたが家来の裏切りによって死んだ。頼朝は義朝の正妻の子で、源氏の嫡流であった。頼朝は父とともに十三歳で平氏と戦ったが捕らえられ、危うく斬首されるところを助けられ、伊豆の配所に流された。清盛の継母にあたる池禅尼が自分の病死した子が頼朝にそっくりなので助けてやってほしいと嘆願したからである。ここで彼は二十年間読経三昧の日を送っていた。

頼朝は伊豆の豪族、伊東祐親の娘とねんごろな仲になり、男の子が生まれた。これを知った祐親は大いに怒り、平家に咎められるのを恐れてこの子を殺してしまった。

また、伊豆には豪族、北条時政がおり、時政には同腹の三人の息子と一人の女子の兄妹がいた。宗時、義時、時房と政子である。義時は時政の次男で長寛元年（一一六三年）に生まれた。宗時と時房は北条姓であったが、義時は北条氏の領地の一つである江間姓を名乗らされていた。これは時政の義時に対する評価の低さを反映していた。長男の宗時はよくできた自慢の息子であったが、次男の義時は図体は大きいが鈍重で、いざという時、役に立たない息子と低く見られていた。

さて偶然にも時政の所領は、先に平氏と戦って滅ぼされた源頼政の知行地でもあった。したがって頼政の知行地は召し上げられ、その代わりに山木兼隆という男が代官として赴任してきた。彼は平氏の威光を背に威張り散らす男であった。

時政は娘の政子を山木に娶せ機嫌をとろうとしたが、政子はこれを嫌い、かねて親しくなっていた流人の源頼朝のところに逃れ身を寄せてしまった。

まさにこの時、以仁王の令旨が頼朝の叔父、源行家によって時政のところに届けられたのであった。

もともと野心家であった時政は思慮を重ねた末、頼朝を擁して平家打倒に立ち上がることを決心した。彼が立てた計画は、まず山木の館を襲って山木を血祭にあげ、次いで近国の三浦氏始め源氏恩顧の諸将と合流する、というものであった。頼朝はこの計画に同意し、時政らに担がれて挙兵することにした。

ところで義時は、父の時政から軽く見られており、なんの期待もされていないので、この計画はあらかじめ知らされていない。彼がこれを知ったのは、山木館襲撃計画を時政と兄の宗時が決めた後である。

「義時、わしは頼朝様を押し立てて平家を倒す兵を挙げることにしたぞ。おまえも励め。ところでおまえも頼朝様にご挨拶してこい」

山木館襲撃は夜間小人数で行われるので、頼朝は襲撃隊一人一人を呼んで「おまえを頼りにしている。よろしく頼む」と励ました。当然ながら彼は怯えていた。義時が頼朝に会ったのはこれが初めてであった。頼朝は当時三十三歳、やや下膨れの立派な容貌である。

義時は思った。

(なるほど、立派な顔をしているな。姉上が夢中になるのはもっともだ。父上がこの男を押し立てているのはいかにも野心家の父上らしい。しかしこの一挙は『ばくち』だ。ばくちに命を懸けるのはばかげている)

彼は山木舘の襲撃には働いたふりをすることに決め、その代わりある準備を整えた。

## 4 石橋山の戦い

頼朝、時政らは治承四年（一一八〇）八月十七日、山木館を襲撃し、幸い山木を討ち取ることには成功した。しかし来援するはずの相模の三浦一族の軍は、折からの豪雨で増水した酒匂川を渡ることができない。大庭景親、伊東祐親らの率いる平家方の頼朝追討軍は、頼朝勢と三浦勢が合流する前に頼朝勢を討とうと考え、豪雨の中、頼朝勢を攻撃した。両軍は石橋山の急斜面を挿んで向き合い、戦闘が始まった。頼朝勢は三百騎、大庭勢はこの十倍の三千騎である。

石橋山の急斜面で血みどろの激闘が行われた。頼朝方の佐奈田与一は敵を組み伏せ首をとろうとしたが、刀の鞘が血のりで固まって刀が抜けない。焦っているところを逆に討ち取られた。

頼朝軍は、大庭景親の率いる軍に圧倒的な兵力差のため敗れ、時政の長男、宗時は奮戦の末戦死した。源氏方は連絡の不手際で友軍との合流に失敗したのである。

宗時の戦死を知った時政は半ば狂乱し、敵中に突入しようとしたが、ここで彼の手をつかんだ者がある。義時であった。

「父上、こんなところで死んではなりません。私と一緒に甲斐国の源氏の一族、武田氏を頼って落ち延びましょう。路銀は準備してあります」

時政はためらったが、確かにこんなところで死んでは元も子もない。こうして二人は戦場を見捨て甲斐に落ちていった。


頼朝は土肥実平など主従ただ六騎となり、付近の山中に逃亡した。さいわい戦場付近は実平の知行地だったので、彼の案内で椙山という森の洞穴に身を潜めた。ところが大庭方の梶原景時が頼朝主従を見つけた。しかし頼朝に向かって彼は言った。

「私は梶原景時という者です。実は密かにあなた様に心を寄せておりますので、ここはお見逃しいたします。いずれ、あなた様に帰参いたしますので、お見知りおき下さい」

そして、景時は頼朝を探しに来た大庭勢に向かって「この森はわしが調べた」と言った。

頼朝は喜んだ。

「かたじけない。おまえのことは覚えておこう」

この景時は後の頼朝に重く用いられることになる。

このように、平家方の中には梶原のような「隠れ源氏」の武将が少なからずいたのである。平家はもはや武士たちの支持を失っていた。


さて梶原景時により難を逃れた頼朝主従は、八月二十八日、真鶴から船で安房へ渡った。船中で和田義盛が言う。

「頼朝様、もし首尾よく鎌倉に入られましたら、私めを侍所の別当にお任じ下さい」

図々しい願いであったが、頼朝は笑って言った。

「よしよし、鎌倉に入ったらおまえの望みを叶えてやろう」

実際に義盛は鎌倉で侍所別当に任じられた。この職は、頼朝の軍勢を束ねる長官にあたる重要な職である。


一方、三浦氏の根拠地、相模の衣笠城には畠山重忠の率いる大軍が攻め寄せた。当主の三浦義明は八十歳の老齢であったが死の覚悟を決め、嫡男の義澄らを呼び集めこう言った。

「わしはこの歳になって、ようやく恩顧を受けた源氏の御曹司のお役に立てて本当に喜んでいる。わしはここで死ぬが、おまえたちは船で頼朝様の後を追い、お役に立つよう努めよ」

そして彼は城に残り、戦ったのち自害した。後に頼朝は、義明は無二の忠臣であったと称揚し、義明のために満昌寺を建立し自ら義明の墓に詣でた。

# 5 頼朝の鎌倉入り

頼朝は石橋山の戦いには敗れたが、大庭景親方の梶原景時に見逃してもらい、船で対岸の安房国に渡りここで兵を募ったところ、みるみるうちに大勢の豪族が兵を率いて参集し、さらに下総、上総に進むうち、大豪族、平広常が二万騎の大軍を率いて参加し一躍大軍となった。

「広常か、なぜ今頃やってきたのか、遅い」

頼朝は、広常の大軍を見ても喜ばず、逆に広常の遅参を叱責した。彼は山木舘襲撃の時は怯えていたが、情勢が有利になると見るや変わり身の早さを示したのである。広常は頼朝の威厳に怖気を震って心服した。

こうして頼朝は緒戦には敗れたものの、以後、安房、上総、下総、武蔵と軍を進めるにつれて急速に勢力を増大させ、慌てて討伐に向かった平家の大軍を駿河の富士川の一戦で追い払い、十月八日、鎌倉に入ってここに落ち着いた。山木館襲撃から数えて僅か四十日に過ぎない。

鎌倉は三方を山に囲まれ、前面には相模湾の海がひろがり「守るに易く攻めるに難い」要害の地であった。


大庭景親は頼朝軍に降伏したが斬首され、伊東祐親は捕らえられたが、頼朝軍に彼の縁者が多く助命嘆願が出されたので、一旦赦免された。しかし祐親はこれを恥じて自害した。


頼朝の鎌倉入りの成功は目覚ましいものであったが、多分に時代の動きを反映していた。もとは武士であったことを忘れ、朝廷から官位をもらって公家として振る舞い、武士たちの収入を収奪するようになった平氏は、とうに関東武士たちの支持を失っていたのである。

実はこの時頼朝は平家軍を京へ追撃しようとしたが、折しも全国的な飢饉が続いており、これは不可能であった。このため諸将は頼朝の戦術眼は未熟であるとしてこれを見くびったという。

甲斐国に落ち延びていた時政、義時父子はこの時、頼朝のもとにちゃっかり帰参したが、武田氏の援助を乞うためとの理由は筋が通っており、実際に武田氏は頼朝に兵を送っている。また時政の長男宗時も戦死している。彼らは実は戦場から逃亡したのだが、そんなことを言い立てる者などなく、勲功第一と認められた。こうして北条一族は、頼朝政権の中で盤石の地位を得たのである。

さて義時が頼朝の関東の同族に対する態度をみていると、非妥協的、攻撃的である。志田義広は戦いを仕掛けられ戦って追いだされ、佐竹氏もまた戦を仕掛けられ策略により領土を減らされた。また以仁王の令旨をもたらした頼朝の叔父、源行家は恩賞を求めると、自分の力で切り取られよ、とつれない返事である。行家は頼朝に失望し、木曽の源義仲のところに身をよせた。

義時は思う。

「頼朝はどうやら自分が源氏の嫡流である権威を利用して、鎌倉で独裁者になるつもりだな、それで同族の力を削ごうとしているのだ。しかしこれはひとりぼっちで後ろ盾のない彼の弱い立場を思えばわかる」

さて平広常は頼朝に向かって「もはや我々から収入を取り立てる平家はいなくなり安楽に暮らせるようになったのです。ここで戦など続けることはありません。ここで落ち着いてしまえばよいのです」と主張した。

頼朝は結局広常の言う通りに鎌倉に落ち着いたが、これを根にもった。そして腹心の梶原景時にあることを指示した。景時は広常と囲碁をやり、広常が碁の盤面に身を乗り出した時、不意に切りかかって彼を殺した。広常の所領は頼朝に没収され家臣に分配された。頼朝は広常のような大豪族が居ては鎌倉武士の統制がとれないと思い、広常を排除したのである。以後頼朝は独裁者としての性格を強めてゆく。

（うまいやり方だな。これで大豪族が一人いなくなり、頼朝の権威はそれだけ増したわけだ。しかしこのやり方はいずれ頼朝の身に返って来るのではなかろうか）

畠山重忠は、当初平家方についたが、のち許されて義時らと共に頼朝の身辺に侍るようになった。

源義経は平治の乱で父義朝が敗北して死んだ時、兄の全成、義円と共にまだ幼かったが、母の常盤御前の嘆願により命を助けられ、いずれ僧侶になる条件で鞍馬山の寺に預けられた。しかし彼は僧になるのを嫌い、鞍馬山を出奔して奥州の平泉の藤原秀衡のもとに身をよせた。そしてここで成長して武芸を学び、兄の頼朝の挙兵を知ると、僅かな数の家来を連れて兄のもとにはせ参じたのである。義経の家来は武蔵坊弁慶、佐藤継信、忠信兄弟はじめ一騎当千の勇士であった。

頼朝の威風に臣従を誓う武士は多かったが、多くは粗野な田舎武士であった。しかし兄を慕って奥州の平泉からやってきた源義経主従は、それが僅か十数騎に過ぎないのに、義経はじめいずれも凛々しく頼もしい面構えである。頼朝もこの弟の参加にはことのほか喜んだ。

「やあ、義経、来たか、おまえを見るとまるで亡き父上にお会いしている気がする」

「兄上、私は父上のお顔は覚えておりませんが、お会いできて本当に嬉しく思います」

頼朝は目に涙を浮かべていた。

義時の目にも義経はみるからに怜悧で鋭いところがあり、頼朝の軍に続々加入してくる他の武士たちとは全く違っていた。義時は思った。「これは只者ではない」。

しかし数日後、名馬を献上したものがあり・頼朝らがこれを鑑賞した時、頼朝は馬を義経に曳かせ、弟といえども兄に絶対服従すべきことを示した。

義時は思う。

「この戦術眼に卓越している らしい人物が果たして頼朝と良い関係を保てるだろうか」

さて実際に頼朝の弱い立場をしめす小事件が起こった。

頼朝の妻、政子と政子の父時政は、かねがね頼朝の女癖の悪さに手を焼いていたが、ある時、これがこじれて、時政一家が頼朝を鎌倉に置き去りにして伊豆に引き上げてしまったのである。

もともと「権威」のみで「力」を持たない頼朝はおおいに慌て周囲を見回すと、義時のみが鎌倉に残っている。義時はにこにこ笑いながら頼朝の釈明をきいてやり、これを政子、時政に伝えて事態を円満に解決した。彼は見かけの単なる「役立たずの大男」ではなかったのである。

義時は一度だけ恋をした。相手は頼朝の侍女で才色兼備を謳われた姫の前である。恋歌など詠めない彼を姫の前は相手になどしてくれない。そこで義時は頼朝にとりなしを頼む。

「頼朝様、私は姫の前が好きなのですが、歌が詠めないので相手にしてくれません。どうかおとりなしを戴けないでしょうか」

「何々、おまえは姫の前が好きなのか、よしよし私に任せなさい」

義時は姫の前と一生離婚しないとの約束で結婚した。姫の前は義時の正妻で子供も儲けたが、彼女の属する比企氏が義時に滅ぼされると離婚し京に向かったという。

平清盛は、頼朝の鎌倉入りの翌年熱病に苦しんだ末、治承五年（一一八一年）二月四日、六十四歳で亡くなった。彼は頼朝を生かしておいたことが悔やまれ、自分の墓の前に頼朝の首を供えよ、それが何よりの供養である、と言った。

清盛は経済感覚に優れ、我が国と宋の間の日宋貿易のため、瀬戸内海の宋船航路を整備し、大輪田泊（現在の神戸港）を作り貿易を盛んにして富を築いた。輸出品は奥州の砂金、伊勢の水銀、志摩の真珠、薩摩の硫黄、刀剣、扇など、輸入品は宋銭、陶磁器、仏典、茶などであった。もっとも重要だったのは宋銭で、これが我が国の経済の安定にどれだけ貢献したか計り知れない。

# 6 旭将軍義仲

さて当時、北陸で以仁王の令旨により兵を挙げた源義仲は、頼朝の叔父、源義賢の子であったが、父が頼朝の兄、源義平といさかいを起こし義平に殺されると、義平は当時駒王丸と呼ばれた二歳の義仲も殺そうとした。しかし義朝の家臣、斎藤実盛に助けられて木曽に逃れ、木曽の豪族、中原兼遠の庇護の下に成長し武芸を学んだので木曽義仲と呼ばれた。義仲は頼朝の従弟にあたる。

義仲は以仁王の令旨を受けると兵を挙げ、まず信濃の依田城に籠った。そして徐々に勢力を伸ばしてゆく。義仲の旗下には義仲軍の四天王と呼ばれた今井兼平、樋口兼光、根井行親、楯親忠の勇将がいた。義仲が徐々に勢力を伸ばしてくると、平家は捨て置けなくなり、平清盛の孫、維盛を大将軍とする大軍をさし向けた。維盛軍七万と義仲軍四万は、越中砺波山で相対した。

義仲は周囲の山に白旗を多数掲げさせ、あたかも軍が山々に陣取っているよう見せかけた。維盛はこれに嵌り、警戒して倶利伽羅峠に軍を停止させる。義仲はこれを待っていた。彼は道が狭く、深い谷に囲まれているのを利用し、数百頭の牛の角に松明を付け、平家軍に向かって突進させた。平家軍は驚き慌て、逃げようとして深い谷に落ちて死んだ。深い谷が平家軍の死体で埋まるほどであった。大敗を喫した平家軍は篠原に退いて義仲に決戦を挑んだ。

昔義仲の命を救った斎藤実盛は、この時平家に仕えていたが、旧主の義朝と縁続きの義仲と戦わねばならないことに苦しみ、討ち死にの覚悟を決めた。そして篠原の戦いに先立ち一期の思い出に錦の直垂の着用を願い出てこれを許された。実盛は望みどおり勇戦して討ち死にした。彼は老齢だったので敵に侮られまいと髪を黒く染めていた。

篠原の戦いも義仲軍の勝利に終わると、義仲の家臣、手塚光盛が義仲にこう言った。
「今日は不思議な敵を討ち取りました。錦の直垂を着ておりましたが付き従う従者はおらずただ一騎でした。声は坂東訛りでした」
義仲はその敵は斎藤実盛ではないかと思い、実盛を見知っている樋口兼光に首級を検分させると、まさしく実盛であった。髪を洗うと白髪であった。義仲は嘆いた。

「わしが今日あるのは実盛のおかげである。もし彼がわしを頼ってきてくれたら厚く恩に報いることができたものを、平家に義理立てして死んだか。哀れなことだ」

義仲軍が勝ちに乗じて一気に京へ攻め上ると、平家軍は京を捨てて西国へ後退した。「平家の都落ち」である。

この時、清盛の末子、忠度は只一騎で都に引き返した。藤原俊成（藤原定家の父）の編纂する歌集「千載集」に自分の詠んだ歌を載せてくれるよう頼むためであった。俊成の応諾を受け、彼は満足して味方の軍を追った。後に「千載集」に載った彼の歌は「さざ波や滋賀の都は荒れにしを　昔ながらの山桜かな」であった。

但し忠度の歌は、当時の彼の立場を反映して「詠み人知らず」とされた。

義仲は西国で平家軍と戦ったが劣勢となり、平家軍はこれに乗じて讃岐屋島に根拠地をつくり、更に本土に勢力をのばしてきた。

義仲は後白河法皇から平氏を京から追い払い、後白河法皇の幽閉を解いた功績により征夷大将軍に任命され、その目覚ましいはたらきと出世から「旭将軍」と呼ばれた。しかし木曽の田舎育ちのため世事に疎く、京の後白河法皇と、京から逃れた安徳帝に代わって皇位を継ぐべき皇族の決定をめぐって対立した。義仲は彼を頼って来た以仁王の子、北陸宮を推し、後白河法皇は自分の第四子、四の宮を推した。実は天皇の任命について臣下が口出しすることは禁じられていたのであるが、田舎育ちの義仲はこれを知らなかった。彼は怒った法皇に翻弄されているうち、たまりかねて遂に法皇を幽閉した。

なお、義仲亡きあと安徳帝がまだ存命中に、京で後白河法皇により天皇に選ばれたのが、四の宮、つまり本書の後半の主人公の一人、後鳥羽上皇であった。つまり限られた期間であるが、我が国に二人の天皇が並立していたのである。

西国での平家との戦いも劣勢で、義仲は平家との和睦を打診したが、平家の総大将、平宗盛に拒絶された。義仲は八方ふさがりの状態に陥った。彼の軍勢はもともと烏合の衆で、劣勢の義仲を見限って逃亡し、彼の軍の兵力は激減した。また彼は京での自分の軍の略奪行為を取り締まることもできなかった。彼の旗下には義仲の四天王はじめ勇将はいたが、政治力のある者がいなかった。法皇はすかさず頼朝に対し義仲追討の院宣を送った。

# 7 義仲の死

さて頼朝は機が熟したことを知り、都へ攻め上ることを決めた。主将は義経の兄、源範頼である。頼朝は範頼を呼んで言う。

「範頼よ、おまえを京に差し向ける軍勢の総大将にする。しっかり頼むぞ。戦のことは私が付ける諸将に任せればよいのだ。兵糧は十分に送ってやる」

「兄上、ご命令かしこまりました」

義経も範頼軍の一部として京を攻撃することになった。また畠山重忠は、みずから望んで義経軍に加わったが、義時は範頼の本軍に配属された。

時政は息子の義時を励ます。

「義時、おまえは北条氏の代表として出陣するのだ。必ず立派な働きをして帰ってくるのだぞ」

義時は答える。

「手柄がたてられるかどうかは、私の割り当てられる部署によって決まるでしょう。私はとにかく生きて帰ってくることを心がけます」


義経軍は、動きの鈍い範頼軍をしり目に宇治川を渡って京の義仲軍を攻撃した。この戦で有名なのは、佐々木四郎高綱と梶原源太景季との間の先陣争いである。

頼朝は「生月」と「磨墨」という二頭の名馬をもっていた。景季が戦に出る時、「頼朝様、私は立派なはたらきをいたしますので、『生月』を私に頂けないでしょうか」と頼むと、頼朝は「『磨墨』も同じように名馬だから、これをおまえに与えよう」と言って「磨墨」を景季に与えた。この後で高綱が「生月」を所望すると、頼朝はあっさり「生月」を高綱に与えてしまった。

戦を前にして、景季が高綱を見ると、何と「生月」に乗っているではないか。景季はかっとなり、「この上は高綱と刺し違えて死んで、頼朝様に勇士二人を失う損をさせてやろう」と高綱に話しかける。

「おぬしはその馬をどうして手に入れたのだ」

高綱は景季の形相を見て、機転を利かせこう答える。

「実はこの馬は私が盗んできたのだ」

景季は機嫌を直し、笑って答えた。

「それならわしが盗めばよかったな」

宇治川の戦いでは、高綱と景季は並んで馬を走らせ先陣を競った。景季がやや先行していたが、高綱が「梶原殿、馬の腹帯が緩んでいますぞ」と声をかけると、景季はそうか、と腹帯を締めなおす。高綱はその隙に景季を追い抜き、先陣を果たした。

畠山重忠も義経軍に参加し、宇治川を徒歩で渡り勇名を残した。彼は渡河中、溺れそうになって縋り付いてきた武士を向こう岸に放り投げて渡してやった。するとその武士は起き上がり刀を抜いて、「我こそは宇治川渡りの先陣をなしたる者ぞ」と叫んだので、敵も味方もどっと笑ったという。


ここで筆者が強調したいのは、一般の武士とは、このように意地を張り単純であった。これを一つにまとめることは、よほど怜悧で、ある面では冷酷な人物が必要であった。そして歴史は義時を選んだのである。

宇治川をわたった義経軍は、義仲軍より圧倒的多数なので、忽ち義仲軍を近江の粟津に追い詰め義仲を討ちとって京に入り、幽閉されていた後白河法皇を救い出して、頼朝のため京都の治安を回復した。

一方、義時の所属した範頼軍は義経軍に戦いの主導権を握られ、何のめざましい戦もできなかった。

「なるほど、義経は天才だな。重忠はさぞ活躍できて満足だろう」

義経にあっけなく滅ぼされたとはいえ、義仲は一世の風雲児であった。彼は陣中に愛妾の巴御前を伴っており、巴は女ながら武勇に優れ、戦では薙刀を振るって奮戦した。義仲は義経軍に近江の粟津に追い詰められ、最後の時が来たのを悟ると巴御前に向かってこう言った。

「旭将軍とまで言われたわしが、最後まで女人を連れていたと言われるのは悔しい。おまえはここを落ち延びてわしの菩提を弔ってくれ」

巴御前は義仲と別れたくないと言い張ったが、とうとう彼の言葉に従って戦場を落ちていった。巴御前はのちに和田義盛と結婚して、豪勇、朝比奈三郎義秀を生んだ、という言い伝えがある。

義仲と乳兄弟であった今井四郎兼平は、味方が討ち減らされて義仲とただ二騎になると、義仲に向かってこう言った。

「私がここで敵を防ぎ止めます。ご主君はその間にあの松林で心静かにご自害下さい」

義仲は兼平の言葉に従って松林を目指したが。名残惜しく兼平を振り返って見た瞬間、義仲の額に流れ矢が当たり彼は寿永三年（一一八四年）一月二十一日、三十二歳の波乱に満ちた生涯を閉じた。

兼平は今はこれまでと「勇士の最後を見せてやる、手本にせよ」と叫び、刀を口に咥え馬から真っ逆さまに飛び降り自らの刀に貫かれて壮烈な最期を遂げた。

なお、源行家は義仲のところに身を寄せ、ともに平家と戦ったが、京に入ってから義仲と仲たがいして離れ、のち頼朝に誅殺された。

余談ながら、義仲は後世の傑出した人々に愛された。俳聖、松尾芭蕉は義仲終焉の地、近江の粟津にある義仲を祀った義仲寺に滞在し「木曽殿と背中合わせの寒さかな」と詠んで義仲を偲んだ。また義仲が平家の大軍を破った倶利伽羅峠を訪れ、「木曽殿の寝覚めの山か月悲し」と詠んだ。彼は死にのぞみ、墓は近江の義仲寺にある義仲の墓の隣に作ってくれるよう遺言した。そして望み通り彼の墓はこの義仲寺にあり、文字通り「木曽殿」とならんで眠っている。

また、天才作家・芥川龍之介は、中学生時代義仲に魅せられ、義仲の生涯について「彼の一生は失敗の一生であり、彼の歴史は蹉跌の歴史であり、彼の一代は薄幸の一代であった。しかし彼は男らしい男であった――」と記し、更に「彼は荒くれ男なれども、あどけき優しき荒くれ男なりき。しかも彼はその炎々たる革命的精神と、不屈不絆の精神を以て個性の自由を求め、新時代の光明を求め、人生に与えるに新なる意義と新たなる光栄を以てしたり」と絶賛している。

実は筆者も義仲が好きである。北条泰時も好きだが、八方美人でありすぎる。義仲にはその最後が悲劇的で美しいのでより強く惹かれるのである。

# 8 屋島の戦い

さて、範頼の率いる源氏の本軍は、義経に戦の主導権を握られ、なんのはたらきもできない。そればかりか、西国では平家軍に押されて後退する。頼朝が送ってやるといった兵量は一向に届かない。範頼軍の間には厭戦気分が広がった。平家軍は京に近い一ノ谷まで進出しここに堅固な陣を構えた。

範頼軍に属する義時も身を持て余していた。

「退屈だな、この調子なら戦死する心配はないのだが」

一方、義経は四国の対岸の摂津国にいて、一気に海を渡って平家の讃岐屋島の根拠地を背後から奇襲しようと考えた。ある日暴風雨になったが、風は摂津から阿波に向かって吹いており、船を出せばたちまち阿波に到着すると考えた義経は出帆しようとした。すると軍監として義経軍にいた梶原景時が、自分も一緒に行くと言い出した。彼は船に『逆櫓』

をつけ、進退を自由にしようと主張した。

「御大将（義経のこと）、この度の四国攻めには進退を自在にするため船に『逆櫓』を付けましょう」

「何、『逆櫓』だと、そんなものは要らん。私は戦では何時も先頭をきってひたすら突撃することにしている」

この時代、戦では総大将は部下に先頭をゆずり後方に控えるものであった。そうでなければ部下が手柄をたてる機会を奪うことになる。梶原は言った。

「あなたは所詮総大将にはなれないお方だ」

義経はこの言葉に激高し、あわや刀を抜こうとしたが、人々に宥められて事なきをえた。

義経は船頭が躊躇うのも構わず僅か五隻の船に百五十騎の兵を乗せ阿波へ出発した。船は風にのって二日かかるところを僅か数時間で四国の阿波に着いた。義経は徹夜で騎馬を走らせ讃岐屋島の平家の本営を襲撃した。平家にとって不幸なことに、その時平家は付近の攻略のため千騎、二千騎と兵力を出しており、屋島の御所には僅か千騎の兵が居るだけなのであった。義経はこの情報を前もって掴んでいたらしい。この時義経の百五十騎の兵が不意に全面の海ではなく、背後の陸地から攻撃してきたのである。

こんなことを全く予想していなかった平家方は驚き慌て、全員が船に乗り海上に逃れた。そして後で義経軍がほんの小勢であることを知ったがもう遅かった。なお梶原景時は結局この阿波渡海には加わらなかった。

悔しがった平家軍は、屋島の御所を奪い返そうと海上から攻め寄せた。平家軍切っての勇将、平教経は強弓で義経に矢を放つ。義経の股肱の臣、佐藤継信は義経を守って矢面に立ち、矢を受けて戦死した。義経は彼の死を悼み、戦後近くの寺院に供養を頼み自分の乗馬を供養料として寄進した。

屋島での戦闘中、義経は誤って自分の弓を海中に落とし、必死になってこれを拾い上げた。あとで人々がわけを尋ねると、「叔父の為朝のような強弓ならわざと拾わせもしようが、私は非力で弓が弱いので、もし平家方に拾われたら恥になると思ったのだ」と答えた。この逸話は「義経の弓流し」として有名である。

いま一つの有名な挿話は、那須与一の扇の的を射る話である。戦いも終わろうとする夕刻、平家方から一艘の船が近づいた。船上には美しい衣装をまとった女がおり、船の舳先に立てられた竿の先には扇が開かれている。女はこの扇を指し示すので、これを射抜いてみよ、という意味だとわかった。

義経はだれかあの扇を射抜ける弓の名人をと探し、那須与一が選ばれた。与一はもし失敗したら自害する覚悟で扇めがけて矢を射ると、見事に命中した。平家方の一人の武士がこれを賞賛するつもりで踊り始めた。すると義経は「あの男も射てしまえ」と与一に命じる。与一はためらったが、命令なのでやむを得ずその男を射ると命中し、男は踊りながら海中に落ちた。これで戦は終わり、平家軍は御所の奪還をあきらめた。やがて梶原景時が多数の船とともに屋島に到着し、平家は完全に屋島の根拠地を失った。

# 9　一ノ谷の戦い

平家は屋島の根拠地は失ったが、まだ本土と九州の間にある彦島を根拠地として瀬戸内海沿岸諸国に勢力があり、瀬戸内海を通る商船から税を取り立てて富裕であったため、範頼の大軍は大いに手古摺った。一方、平家軍は、財力に物を言わせて勢力を伸ばし、かつて清盛が都を京から移した福原の一ノ谷に堅固な砦を築き、京へ攻め上る勢いであった。

この一ノ谷は、前には海があり、後ろには六甲山脈が聳え、守るに易く攻めるに難い要害の地であった。ここに平家は約十万の兵を蓄え、総大将の平宗盛は安徳天皇とともに船に乗っていた。

これを攻める範頼軍は約六万、義経軍は約一万であった。範頼軍は一ノ谷の砦を東の生田から攻めるが一進一退の激戦が続く。

ある時、敵中に深入りし過ぎた梶原景季は平家勢に囲まれ苦戦した。景季の父景時は、我が子を死なせてなるものか、と平家勢の中に引き返し、景季を救いだした。この時、景季は箙に梅の枝を挿していたという。戦の最中も梅の花を愛でる心を持っていたのである。

義経軍は、一ノ谷の砦を北の六甲山から攻めようと考え、まず迂回して六甲山の背後に出、ここに陣取っていた平資盛の軍を夜襲して追い払った。そして軍を三つに分け、一つは土肥実平に指揮させて資盛を追わせ、二つ目の軍は一ノ谷を北から攻めさせ、今一つは義経が指揮する僅か七十騎で、六甲山を下って一ノ谷に攻め込むことにした。

六甲山中に分け入った義経は出会った老いた猟師に六甲山の急勾配を馬で下りられるか、と尋ねると、「馬はわかりませんが、鹿は下りて行きます」との答えである。義経は言った。

「鹿も四つ足、馬も四つ足、鹿が下りられるなら馬も下りられるだろう」

試みに馬を数頭、山の急斜面を追い落としてみるとある馬は足を挫いて立ち上がれなかったが、ある馬は無事に滑り下りた。

「これでわかった、我々が乗って下りれば馬は無事に下りられるだろう。追い落とされるのではないのだから」

義経の率いる七十騎は山の急斜面を無事に滑り下り、平家の陣に火をはなった。有名な鵯越えの逆落としである。

不意を突かれた平家は混乱し、一ノ谷から船で九州に向かって敗走した。畠山重忠は義経軍に属し、鵯越の奇襲でも赫赫たる戦功をあげた。彼は乗馬とともに六甲山の絶壁を滑り下りる際、大力なので馬をいたわりこれを担いで下りたという。

なお義経は老猟師に「私の家来にならないか」と問うと、老猟師は答えた。

「私は年老いたのでお仕えできませんが、私の息子をご家来にして頂けないでしょうか」

義経はこの願いを聞き入れ息子に鷲尾三郎の名を与えた。


一ノ谷の海岸では多くの平家方の武将が討ち死にした。平清盛の末子、平忠度は船で逃れようとしたが、関東武士の岡部六弥太に追いつかれ組み討ちとなった。岡部は鹿の角を掴んで左右に割くという大力であったが、忠度はそれ以上の大力で、岡部を組み伏せて首を搔こうとすると、岡部の郎党が忠度の片腕を斬り落とした。忠度「しばらく待て、最後の念仏を唱えるぞ」と言い、片手で岡部を一間ほど先に投げ飛ばし、念仏を唱えたのち岡部に斬られた。後で箙に挿した梅の枝に短冊が下がっており、「行き暮れて木の下陰を宿とせば　花や今宵の主ならまし　　忠度」と書かれていたので平忠度であることがわかった。武勇に優れているばかりか歌も上手だったのに、と惜しまぬ者はなかった。

平重衡は乗馬を従者の裏切りにより奪われる不運のため逃げきれず、源氏軍に捕らえられ、鎌倉に送られ頼朝と対面した。頼朝は彼を厚遇したが、奈良の東大寺の衆徒が、大仏殿を焼いた極悪人を極刑に処せとの申し入れにより斬られた。

平敦盛は清盛の弟経盛の第五子で、当時十六歳であった。従者とはぐれただ一騎となり、沖の船にたどり着こうと海中に馬を乗り入れると、関東武士の熊谷直実が「敵に後ろを見せるとは卑怯なり、陸に上がって勝負せよ」と呼ばわった。敦盛はこれに応えて陸に戻り、直実と組み合ったがすぐに組み敷かれた。直実が見ると、自分の息子と同じような年齢の美少年である。殺すに忍びず逃がしてやろうと思ったが、すでに源氏がたの兵が近くまでやってきている。直実は涙を流して「あなた様を殺すに忍びずお助けしようと思いましたが、もう遅いようです。お命を頂戴しますがお名前をお聞かせ下さい」と言うと、敦盛は「私はおまえにとってよい敵だ。しかし名前は言うまい。早く首を討て」と合掌する。直実は涙をながしながら首を刎ねた。敦盛は曽祖父の平忠盛が鳥羽上皇から拝領した「青葉の笛」を持っており、夜になるとこの笛を吹いていた。
「ああ。あの美しい笛の音はこの人が吹いていたのか」
直実はつくづく武士であることが嫌になり、法然上人の許で出家し蓮生坊と名乗り、敦盛の後生を弔った。

平経正は清盛の弟経盛の長男で、やはりこの戦いで討ち死にした。彼は琵琶の名手で、琵琶湖の竹生島で琵琶を弾くと、竹生島の神が感応し白蛇が現れ腕にからみついた、という言い伝えがある。

平家軍の実質的な大将である平知盛は船に逃げる途中源氏軍に追いつかれ激戦になったが、彼の息子、知章が身を挺して父を守り討ち死にし、その隙に知盛は味方の船にたどりついた。知盛は後で「自分の子を犠牲にして逃げるとは、何という親だろう」と嘆いた。

# 10 壇ノ浦の戦い

さて、義経のため一ノ谷の戦い、屋島の戦いに敗れた平家軍は、瀬戸内海周辺と諸国の支持を失い、一挙に長門の彦島まで後退した。そして長いことはかばかしいはたらきができずもたついていた範頼軍は、やっと船を調達し、九州へ渡ることに成功した。そして九州の平家方と戦って勝ち、九州に足場を築いた。

義時は思う。

(これでやっと少しは戦らしくなってきたな、しかし平家が彦島に孤立したから、これ以上の我々の出番はないだろう。これで私が戦死することはなくなったわけだ)

義経はこれまでの戦で、いつも小勢で敵の背後に密かに回り込んで奇襲する戦法で勝利を収めてきたが、彦島の平家を攻めることになると急に慎重になり、軍船を集めることに熱中しはじめた。彼はこれから予想される海戦で物を言うのは、「船の数」であることを知っ

ていた。奇襲は効かないのである。義経は軍事の天才なので、このことがよくわかってい
た。そして努力の末、摂津の渡辺水軍、伊予の河野水軍、紀伊の熊野水軍の船、八百艘を集めることに成功した。これに対して平家軍の船は五百艘である。

義経に対抗して平家軍の指揮をとる平知盛とはどんな人物だったのであろうか。彼は仁平二年（一一五二年）、清盛の四男として生まれた。母は清盛の正妻、時子（後の二位尼）である。知盛が初めて軍の指揮をとったのは、以仁王と源頼政が兵を挙げ、これを応援する園城寺を攻撃した時である。それから彼は体をこわしていて、富士川の戦いや倶利伽羅峠の戦いなどには加わっていない。壇ノ浦の戦いに臨み知盛がたてた戦略は、普段安徳帝が乗っている大きな唐船から、安徳帝を別な船に移し、代わりの多数の兵を伏せて置き、やって来る義経をあわよくば討ち取ろうとするものであった。後白河法皇の熱望により、三種の神器の奪還は義経にとって至上命令だったので、この謀は十分理に適っていた。

平家一門にとって最後の日となる元暦二年（一一八五年）三月二十四日の朝が来た。しかし彦島と平家軍は朝日が出、沖天に上りはじめても静まり返っている。実は昨夜、知盛

はじめ平家軍の主だった武士は、奇襲の好きな義経の軍が近くまで来ているので、警戒して眠っていなかったのである。しかし彼らは意気軒高であった。

「これまではさんざんやられてきたが、今日は違うぞ。船戦などしらない関東武士共にたっぷり塩水を味わわせて殺してやる」

「そうだ、そうだ、ところであの面憎い義経とは一体どんな奴なのだ」

「なんでも、口が出っ歯の小男だそうだ」

「そうか、では覚えておこう」

平家軍がなかなか動かなかったのは、壇ノ浦の海峡の潮流によるものであった。狭い海峡では、潮流が極めて速い。そして平家軍にとって有利な潮流は平家軍が敵に向かって前進する方向の潮流であった。これが起こる時刻は正午過ぎであった。知盛は日夜を彦島で暮らして、このことを熟知していた。


はたして正午近くなると、知盛の計画どおり平家軍は動き始めた。義経も実は昨夜平家軍の動きを警戒して眠っていなかったが、平家軍に向かって前進を軍に命じた。こうして史上名高い壇ノ浦の戦いが開始された。船に兵が乗って戦う戦は、まず両軍が何町か離れて矢を射あい、次いで接近して相手の船に飛び移って刀や薙刀で斬り合うのである。平家軍は潮流に乗って前進し義経軍はじりじり後退してゆく。

知盛は懸命に地踏鞴《じたたら》を踏んで自軍の平氏をはげました。

「時は移る、時は移る、潮の流れが変わらぬうちに早く敵を追い詰めよ」

義経も必死であった。

「もうしばらくすると潮流の向きが変わるぞ、それまで持ちこたえよ」

そして遂に潮流の向きが変わる時がきた。それまで必死に持ち堪えてきた源氏軍は平家軍を押し返し始めた。この時、平家にとって不幸なことが起こった。阿波重能が三百艘の船と共に源氏軍に寝返ったのである。これで戦いの帰趨が明らかとなった。知盛は最後の時が来たと悟り、安徳帝や女官たちが乗っている船に来てあたりを清掃し始めた。女官たちが戦況を尋ねると、知盛は笑って「あなた方は間もなく、珍しい東男たちをご覧になるでしょう」と言う。女官たちはこれを聞いて「こんなことになっても、まだ冗談を言われる」と泣きくずれた。

平家軍きっての勇将、平教経はこの期に及んでもなお奮戦をやめず、敵兵を切り殺す。

知盛は「あまり罪をつくり給うな、良い敵でもあれば別だが」と言い送った。教経はなるほどと思い、義経の姿を追い求め、遂に義経を見出すと襲い掛かる。しかし身軽な義経は船から船へと飛んで逃げてしまった。義経の「八艘飛び」である。教経は義経を取り逃がすと船に座り込み「誰かわしと組んで捕らえよ、鎌倉の頼朝に会って申すことがある」とよばわった。すると大力でしられる安芸次郎という者が、やはり大力の二人の家来と共に、「いかに教経殿が強豪でも、我ら三人が一緒になれば勝たぬはずがない」と教経に襲い掛かった。教経は一人を海中に蹴落とし、残る二人を両脇に抱きかかえると、「おまえたちは死出の山の供をせよ」と言うと海中に飛び込んで死んだ。

知盛はこれを見届けると「これで見るべきことは見届けた」と思い、乳兄弟の家来、平家長を差し招いた。家長は「お約束でございましたね」と言い、二人とも二個の鎧を重ね着し、手を取り合って海に飛び込んだ。

清盛の妻・二位尼は、三種の神器の一つ、天叢雲の剣と共に幼帝安徳を抱いて船縁に立つ。安徳は幼いながらただならぬ様子に気付き尼に尋ねる。

「尼よ、私たちはどこへ行こうとするのか」

尼は答える。

「この世はもはや辛いことばかりでございます。ご一緒に海の底の都にまいりましょう」幼帝はこの言葉に、もみじのような手を合わせて合掌する。尼は「この波の下にも都はございます」と言いつつ幼帝とともに海の底に沈んだ。この時、宝剣も海底に失われた。

平清盛の娘で安徳帝の生母、建礼門院徳子も、三種の神器のうちの八咫の鏡と八尺瓊の勾玉をもって海に身をなげようとしたが、矢が着衣に当たり船に突き刺さったため進退の自由を失い義経軍に捕らえられた。鏡と勾玉は無事に義経軍の手に渡った。三種の神器を平家から全て取り返すことは後白河法皇の厳命であったがこれは果たせなかった。平家軍の総大将、平宗盛と清宗父子は生来の臆病もので、他の平家一門の人々が皆入水して果てた後も死ぬのを躊躇いうろうろしていた。するとあまりに見苦しいと思った者が二人を海に突き落とした。しかし二人とも水連が達者なので死にきれず泳いでいるところを義経軍に捕らえられた。

さて義経に完全に主導権を取られた範頼軍はこの壇ノ浦の殲滅戦を陸地から眺めているばかりである。和田義盛は、それでも自慢の強弓を引き絞り遠矢を平家軍にはなった。勿論ろくな効果はないスタンドプレーである。そして矢に自分の名前を書いた札をつけ、平家軍に自分の強弓を誇った。しかし平家軍中にはもっと強弓の者がいて、やはり名前を書いた矢を射返され、これが義盛の射た矢より遠くまで飛んだので、とんだ恥をかいてしまった。

「しょうがない奴だ。しかも奴は侍所の別当でありながら、鎌倉武士をまとめようともせず、範頼に作戦の提案もしない。しないというよりできないのだ。そのうえ鎌倉に帰るなどと勝手にいいだす。将来鎌倉武士をまとめるには、除かなければならない」

義時が和田合戦をするきっかけはこの時得られたのであろう。義時は範頼軍の中で更に思った。

「義経は途方もない手柄を立ててしまったな。ほんとうに彼は天才だ。しかし古来、その主をしのぐような手柄を立てた者が無事であった例《ためし》がないという。義経の運命は暗いものになるだろう」

この章は他の章に比べスケールが小さいが、平家の正統が絶える様を描くことができるので、本書で取り上げることにしたい。

## 11 維盛と六代丸

平維盛は、平清盛の嫡男、重盛の嫡男として平治元年（一一五九年）に生まれた。平家の正嫡で、父の重盛が若くして亡くなったので、清盛に重く用いられ、源頼朝討伐軍の総大将を務めたが富士川の戦に敗れて京へ逃げ帰り、清盛を激怒させた。また、源行家らと墨俣川で戦い、これには勝利したが、源義仲の討伐軍を率いた倶利伽羅峠の戦にも大敗した。このため彼は、平家の衰えを招いた者として、平家一門から浮いた存在になったようである。

平家の都落ちの際、他の平氏一族は皆妻子をともなったが、維盛は妻子に京に残るよう言い渡した。この時の彼の妻子の嘆きは、よく絵画に描かれる。維盛は都落ち後の平家の運命は暗いと予感したのであろうか。それとも平家一族の中で「浮いた」存在となった自分が、妻子を伴うことを躊躇ったのであろうか。

維盛は一ノ谷の平家の領地から抜け出し、高野山に入って僧となった。そして紀伊の那智に赴き、昔重盛の家臣で僧となった滝口入道の立ち合いの下に、海岸の松の木に自分の系図を書き記したのち、一人船を漕いで沖にゆき、ここで入水して二十六歳で死んだ。平家が壇ノ浦で滅亡する以前のことであった。維盛のごとく不可解な死は、現在しばしばおこる若者の自殺と共通点があるかも知れない。

維盛は非常に美男で、平家の「光源氏」と呼ばれた。平家一門が滅亡後、平家の残党狩りが行われたが、維盛との別れを悲しんだ彼の妻はとうに再婚していて、彼の息子の六代丸は一人で暮らしていた。人の心は変わり易いものである。六代丸は捕らえられ斬首されそうになった。

ここで現れたのが文覚上人である。まず彼の経歴を説明しよう。

文覚はもとは皇族を守護する北面の武士で、遠藤盛遠といった。彼の友人の源渡の妻、袈裟御前は絶世の美女で、文覚は彼女に恋慕した。すると袈裟は彼にじぶんの夫の寝所を教え、どうぞ主人を殺して下さい、という。盛遠は勇んで寝所に忍びより、寝ていたものを切り殺してみると、なんと殺されたのは袈裟御前であった。彼女は身を犠牲にして夫を守ったのである。

盛遠はこれで武士であることが嫌になり、僧となって自ら荒行をおこない、文覚と名乗った。彼は荒れ果てていた神護寺の再建を後白河法皇に願いでたが、言動が過激、無礼だったため法皇は怒り、文覚を伊豆に配流した。ここで彼は流人の頼朝と親しく交わることになった。一説では、頼朝が挙兵に踏み切ったのも文覚の勧めによるものだったという。

頼朝が鎌倉に幕府を開いてからも両者の関係は良好であった。そして文覚は六代丸の助命を乞い、頼朝はこれを聞きいれた。但し六代丸を僧にして文覚に預けるという条件であった。

六代丸がまさに刑場で処刑されようとした時、文覚が頼朝の赦免状を持って駆け付けた。これで六代丸はいのちが助かり、文覚の弟子となった。そして時が流れ、六代丸は立派な青年に成長したが、同時に文覚の荒々しい性格も受け継いだようであった。頼朝が死ぬと文覚は幕府内で孤立し、間もなくある事件のため佐渡に流罪となった。この時幕府は、青年に成長した六代丸を見て、生かしておいては危険と考え、ついに六代丸は処刑された。

これで平家の正統は断絶した。

頼朝の命を助けた池禅尼の子である自分の命をとらないと期待した頼盛は、平家の都落ちに加わらず京に残り、頼朝も期待どおり彼を罰しなかったので生き延びた。しかし頼盛の家系も断絶した。

平家落人は一門のみならず、平家がたの武将、郎党、僧侶、女人などもふくまれていた。これらの人々とは、しばしば集団で奥地に逃れ、そこで村落を作って暮らした。平家の「落人部落」は全国いたるところにある。このような落人で名高いのは悪七兵衛景清で、歌舞伎の題材に取り上げられている。

■第二部

# 頼朝と実朝の暗殺

# 1 頼朝の征夷大将軍就任

義経から平家を討滅したとの知らせが鎌倉に齎された時、頼朝は無言で手を合わせたのみで、その表情には何の喜びもなかったという。義時が思ったように、彼は明らかに義経の軍事的天才を恐れていた。

そして政治感覚に疎い義経が、当時権謀術数をほしいままにしていた後白河法皇に籠絡され、頼朝にことわりなしに法皇から検非違使の官をさずけられると、頼朝は義経が大功を立て、捕虜の宗盛父子を伴ってきたもかかわらず、義経が嘆願しても鎌倉に入ることを許さない。義経は有名な「腰

後白河天皇御木像　長講堂蔵（『国史大図鑑第２巻』国立国会図書館デジタルコレクション）

越状」を書いて頼朝に嘆願したが、頼朝は心を動かさない。

「やはり思った通りになったな。義経は手柄を立てすぎたのだ」

義時は考える。

（義経が法皇に籠絡されたのは、済んでしまったことで仕方がない。しかし頼朝はこのこじれた問題をどう利用するつもりだろう）

頼朝の義経問題の処理は、義時が舌を巻くほど巧妙であった。

彼は京の義経に刺客を送って殺そうとし、これが失敗に終わっても迫害の手をゆるめない。たまりかねた義経は、ついに後白河法皇に願って頼朝追討の院宣を貰い受け鎌倉を攻めようと決心し、兵を募ったが集まらない。彼はそれでも少数の兵を船に乗せて海上から鎌倉を攻撃しようと出帆したが、大物浦で暴風雨のため難破し、吉野山の奥に逃れ、次いで諸州を転々とした。この暴風雨の際、平知盛らの亡霊が現れ弁慶がこれを調伏する謡曲「船弁慶」がある。

頼朝は巧みにこれを利用し、義経を捕らえるためと称して徐々に関西にも自分が任命する地頭を置くことに成功してゆく。義経の逃避行で山伏に身をやつした義経一行が安宅関で義経がいるのではないかと疑われたが、弁慶が義経を打擲して難を逃れる忠義を描いた謡曲「勧進帳」が有名である。

屋島で戦死した佐藤継信の弟忠信は、義経が危うく捕らえられそうになった時、義経を守って戦い立ち腹を切って自害した。頼朝はこう言った。

「九郎に付いた家来は一人として劣ったものはない。千人の家来よりもこの一人の家来を持った九郎は幸せ者である。この忠信も義経を捨ててわしの家来になってくれたら、関東八か国のうち一か国を与えていたろうに」

すると畠山重忠が言った。

「忠信ほどの者が、何でそれしきのことに心を動かしましょうや」

頼朝は「それもそうじゃ」と苦笑するしかなかった。

義経は遂に平泉の藤原秀衡の下に帰ってきた。

「おお義経、やっと帰ってきたか、もうこれからは安心してここで過ごすがよい」

しかし秀衡は間もなく病で亡くなってしまった。義経の軍事的天才と藤原氏の持つ大軍の結びつきを恐れていた頼朝は、好機が到来したことを知り、義経をかくまっていた奥州の藤原氏を大軍で攻めて義経もろともこれを滅ぼしてしまった。

衣川の舘にいた義経主従が明日の戦を控えて最後の時を過ごしていると、義経の家来、亀井十郎が義経を慕ってやっとたどり着いた。義経は彼に向かって言う。

「我々は明日の戦いで死ぬのだ。おまえは死ぬために苦労してここにたどり着いたことになる。私はおまえを死なせるに忍びない。即刻ここを立ち去るがよい」

亀井は答える。

「なにを言われますか、私はご主君と死ねるのが嬉しくてならないのです」

「そうか、ではこの鎧をおまえに与えよう。この鎧は屋島で戦死した佐藤継信のために母親がつくらせたものだが、私の許に送られてきたものだ。この鎧を与えよう」

「ああ、有難うございます。これはあの忠義者の継信が、自分に代わってご主君をお守りせよ、と申しているのでしょう。この鎧はお世栄えの折に頂く千石、万石の土地より身に沁みて有難く存じます」

彼は義経と共に死ぬことを心から喜び、翌日の戦闘でこの鎧を着て奮戦して討ち死にした。弁慶が多くの矢をうけても倒れず「立ち往生」したのはよく知られている。義経は妻と娘と共に自害した。義経も、義仲と同様に、運命を共にする家来とともに衣川で滅んだのである。

夏草やつわものどもの夢のあと

後に衣川を訪れた芭蕉はこの句を詠んで義経主従を悼んだ。

さて頼朝は、平家軍を富士川にやぶって、関東の武士の領土を平氏の搾取から解放していたが、義経の逃避行を利用し、諸国の治安を守るとの名目で、京以西にも武士の領土を拡大した。この領土の拡大は、地頭職を与えるという形でおこなわれた。ここで地頭とは元来荘園などの管理職であるが、実際には土地の領主として振る舞うことができた。これが後年の承久の乱で、北条政子が武士たちに訴えたといわれる「頼朝の御恩」である。

義時と重忠は、互いに幕府の要職にあるので忙しかったが、それでもたまには富士の裾野で他の武士たちと共に狩を楽しんだ。獲物を酒肴にしての集いで、ある武士が言う。

「頼朝公のおかげで、暮らしに困っていた者は新たに領地をもらい、我々のように生活に少しは余裕のある者は、京に上って公家たちに無料奉仕をせずに済むようになり、家来にそれだけ楽をさせてやれるようになった。本当に有難いことだ」

一同は「本当にその通りだ」と頷く。

他の武士が言う。

「我々が幕府に納める金額など知れたものだ。公家たちは寝殿造りの家に住み、池に竜頭鷁首の船を浮かべ、立派な仏像や寺院を作ったりして贅沢三昧の生活をしているが、幕府の要職にある者の生活は質素なものだ」

一同はまた頷く。

そこで義時が言う。

「私は宋から来る商人たちが話す蒙古のことが気がかりで、あなた方のように有難いと浮かれている気になれない。これは私の病のようなものかもしれないが」

すると重忠が口をはさんだ。

「私は昔あなたに言ったことを思いだしたよ。あなたの予感は当たっているかも知れない。そして蒙古の襲来に備えて我々武士を団結させられるのは、あなたしかいないだろう」

さて一一九二年、後白河法皇が崩御すると、ついに朝廷は頼朝の望み通り彼を征夷大将軍に任命した。頼朝は名実共に武士の棟梁になったのである。頼朝が時政と兵を挙げてから十二年が経っていた。

「とうとう頼朝は目的を達したな。しかし源氏の血をひく親族を除く方針はいずれ頼朝に跳ね返ってくるだろう。頼朝の直系の子が安穏に過ごせる保障などないのだから」

義時は思う。

生前、後白河法皇は、平家が滅んだ後、大原の寂光院に尼となって暮らしている安徳天皇の生母、建礼門院徳子を慰めるため訪れた。建礼門院は従者、阿波の内侍と共にひっそり暮らしていたが、寂光院の前の山に摘み草に行き帰ってくる途中、法皇の姿を見て驚く。そして法皇と長い昔語りをする。この出来事は「大原御幸」として有名である。

しかし筆者はこの話は法皇の偽善的行為のように思えて好きではない。何故なら、平家の滅亡を命じたのは法皇だったからである。もし建礼門院が気概のある人であったら、法皇の来訪をはねつけてもよかったのである。建礼門院は所詮、平凡な、思慮に欠ける弱い女性にすぎなかった。

畠山重忠は家来の犯した悪事に連座させられ、鎌倉に呼び出されて梶原景時の審問をうけた。景時が重忠に「潔白なら誓紙を書け」と迫ると、剛直な重忠は「誓紙などは卑怯者が書くもので、真の武士が書くものではない」と答え、申し開きをせず絶食を通したので生命の危険に瀕した。しかしこれは結局親友の下河辺行平らのとりなしにより無罪放免となった。

義時は重忠に会うと言う。

「重忠殿、この度の冤罪は無事に決着し本当によかった。しかし私はこのようなことがまた起こるのでは、と心配でならないのだよ」

重忠は答えた。

「私は武運に恵まれ、平家との闘いでは宇治川の先陣、鵯越えの逆落しなどで名声を挙げることができ満足している。このうえはこの名声をきずつけることなく死ねれば本望なのだよ」

## 2 義時父子による頼朝の暗殺

ところがここで突如、北条氏の命運に影を落とすような出来事が生じた。時政は義経などの案件を処理するため、鎌倉から京に駐在していたが、その事務処理能力は抜群で、後白河法皇の信頼も厚かった。それが突然、唐突に鎌倉帰還を命じられたのである。

もちろん時政は直ちに鎌倉にもどったが、頼朝からどんな処置が下されるか心配でならない。その原因は、以前義経の身に起こったように、朝廷に籠絡されるのを警戒したためと思われた。この頃、頼朝は、実弟の範頼や僧である義円を理由なく誅殺しており、自分の息子以外の同族や有力者の存在を許さないことを明らかにしていたのである。

頼朝の弟範頼の場合は、頼朝が富士の裾野の大巻狩を催した時、曽我兄弟が本懐を達した後、頼朝の寝所に切り込んだ。兄弟は殺され頼朝は無事であったが、一時はいろいろな流言が飛び交い、政子は心配した。この時範頼は「範頼がおります。ご安心下さい」と政子に言ったのである。これだけのことで頼朝は「油断ならない奴」と範頼を殺してしまった。

また頼朝は弟で僧籍に入り、北条政子の異母妹の阿波局を妻とする全成も理由なく誅殺してしまった。この結果、北条政子の腹違いの妹、阿波局を乳母とする将軍実朝も政子、義時の側に取り込まれることになった。これは後の和田合戦での義時の立場を著しく有利にすることになる。

頼朝は源氏の血を引く親族の存在を許さないばかりでなく、朝廷に籠絡される恐れのある人物の存在も許さないだろう。何しろ頼朝は、年をとって気が短くなっているのである。そこで時政は義時に相談することにした。時政は長年義時に江間姓を名乗らせ冷遇してきたが、こうなると肉親の義時に意見を求めずにはいられなかったのである。

義時はこう答えた。

「私はきわめて危険だと思います。頼朝様にはすでにお世継ぎがおられ、また年齢のせいで気が短くなっておられます。父上は殺されないまでも幕府の要職から追放されかねません。もしそうなれば、私も無事ではいられません」

「考えてみると、そもそも現在があるのは、私どもが頼朝様に賭けていちかばちかの挙兵を行った結果ではありませんか。もはや父上や私にとって頼朝様が危険なら、頼朝様にご退場いただけばよいのです。姉上にはこのことは言わないことにしましょう」

鎌倉の頼朝邸とは離れた相模川に、頼朝の重臣、稲毛重成の架けた橋の修理が終わり、これにちなんだ政子の腹違いの妹である重成の妻の供養の式典に頼朝の出席を時政が願い、頼朝がこれを承諾した時、時政、義時による頼朝の暗殺を実行することが決まった。

頼朝はこれまでおびただしい人々を殺してきたが、まさか自分が殺されようとは夢にも思っていない。

供養の式が行われている時、何者かが頼朝の乗馬に忍び寄り、馬の鞍の下に鋭利な針を入れたことに誰も気づかなかった。

この行事が終わって頼朝が帰途に就く頃は日がとっぷりと暮れていた。辺りは人家もまばらな寂しい原野である。騎馬の頼朝は護衛の武士たちに囲まれていたが、いつの間にか自分と一緒にある人物が武士たちの間に入りこみ、やはり騎馬で進んでいるのを認めた。彼は突然愕然として叫んだ。

「おまえは九郎ではないか。ここに迷って現れたか」

九郎と呼ばれた義経に瓜二つの人物はこれに応えず、頼朝をにらみつけながら歩を進める。動転した頼朝の体が大きく揺らぎ、乗馬が激しく跳ねた。頼朝はもとより馬術に練達していたが、この頃、急激に足腰が衰えており、たまらず落馬し、はずみに頭をひどくきずつけた。致命傷であった。

目的を達した暗殺者は、してやったりと笑い、慌てて頼朝に駆け寄る護衛の武士たちを尻目に去っていった。この日から半月後の正治元年（一一九九年）一月十三日、頼朝は不慮の落馬による頭の傷がもとで五十三歳で亡くなった。

この頼朝の死にざまは、いわば家来を除こうとして逆に「返り討ち」にあったもので、最後まで運命を共にする家来を持った義仲や義経の最後にくらべ惨めというほかない。

頼朝が死ぬと、あとに比企局が乳母をつとめる頼朝の長男、頼家と、政子の異腹の妹である全成の妻が乳母をつとめる次男、実朝が残された。

頼家は頼朝の死の翌年、十七歳で征夷大将軍に任じられた。朝廷は征夷大将軍職の世襲を認めたのである。

頼朝はもっぱら独裁政治、恐怖政治をおこなってきたが、彼の死後は幕府の主な豪族十三人からなる合議制となった。この合議制は、幕府の豪族たちがもはや頼朝のような将軍の独裁を許さないという意思の表れであった。

しかしなんといっても、山木館襲撃以来、頼朝のため戦ってきた北条氏の勢力が大きく拡大したのは当然であった。この結果これまで頼朝に重く用いられてきた梶原景時一族は鎌倉から追放され滅亡した。またこの頃、北条氏に滅ぼされた豪族が多い。

こうして鎌倉幕府は、北条一族の圧倒的な影響下に置かれるようになってゆくのである。

## 3 天才歌人、実朝

頼家が将軍職を継承したのは十七歳であったが、彼は近臣を身近に侍らせ我儘勝手な政治をおこなおうとして、時政、義時らをてこずらせた。頼家はその器量が頼朝に遥かに劣り、しかも我儘に育てられていた。頼家はある時重病にかかり一時は意識を失うほどであった。時政、義時らはこれに乗じて、まず頼家が存命しているにも拘わらず、頼家と弟の実朝にそれぞれほぼ均等の領地を与えるという決定をした。明らかに時政、義時によるいやがらせ、挑発である。

これに怒った頼家の乳母、比企局の親、比企能員は、時政、義時を討とうとしたが、これを待ち構えていた時政、義時に滅ぼされてしまった。後ろ盾を失った頼家は伊豆の修善寺に幽閉され、刺客により暗殺された。母である北条政子は頼家の死を悲しんだがすでに遅かった。頼家の不幸は、未熟でありながら父、頼朝のように独裁政治を強行しようとしたことにあった。

比企氏の討滅は北条氏にとってまさに赤子の手をひねるように容易であった。昔畠山重忠が義時に言ったこと、つまり義時が獣を追いだすように敵を挑発し追い詰める術が実際に発揮されたのである。

こうして征夷大将軍の座は、頼朝の次男、実朝が継承した。

実朝は頼朝が征夷大将軍に任命された吉報が鎌倉に齎された時、頼朝の妻、政子を母として生まれた。長男の頼家が病弱で、しかも出来が良くなかったので、実朝の誕生は頼朝の後継者の問題を解決すると期待され祝福された。

彼の幼名は千幡であったが、建仁三年（一二〇三年）十二歳で将軍になると、後鳥羽上皇は彼に実朝の名を与えた。つまり上皇は実朝の「名付け親」であったのである。

征夷大将軍となった実朝は頼家とは違って怜悧で、実際に幕政をおこない、操り人形として扱うつもりだった義時は思惑がはずれた。実朝は和歌を好んだので、巧みな歌を詠んだ家臣の落ち度を許すことがあり、義時をてこずらせた。また諸事の決定にも口を挿み義時の言いなりにはならない。

「この将軍は利口で私の思い通りにはならないぞ」

しかしこの状態は実朝の将来に暗い影を落としていた。

実朝は京に憧れ、妻を京の公家から迎えた。この頃、京の朝廷の公家たちの間では歌を詠むことが流行していた。ことに後白河法皇の崩御により彼の跡を継いで「治天の君」、つまり朝廷の頂点の位を占めることになった後鳥羽上皇はこれに熱中した。彼は歌道に造詣が深く、彼が編集した新古今和歌集は怪しいまでの繊細、優美な歌に満ちている。

実朝は十五歳頃から、まず妻の実家から入手した後鳥羽上皇の編纂による新古今集、次いで入手した古今和歌集、万葉集などを熱心にみながら和歌を学びはじめた。最初はお手本の和歌をまねて詠むことから始め、次いで自分で歌を詠んでみるのである。まず繊細、優美な新古今和歌集の歌からいくつかの例を挙げてみよう。まず編纂者の後鳥羽上皇の歌を二首挙げる。

ほのぼのと春こそ空にきにけらし　あまのかぐやま霞たなびく

み吉野の高峰の桜散りにけり　あらしも白き春のあけぼの

次に思い付くままに他の歌人の詠んだ歌を何首か引用する。

世の中に絶えて桜のなかりせば　春の心はのどかならまし（在原業平）

久方の光のどけき春の日に　静こころなく花の散るらん（紀友則）

人はいさ心もしらずふるさとは　花ぞむかしの香ににおいける（紀貫之）

更に、幽玄の世界を開いたと言われる新古今和歌集からいくつかの歌を挙げよう。

道の辺に清水流るる柳かげ　しばしとてこそ立ちとまりつれ（西行）

心なき身にも哀れは知られけり　しぎ立つ沢の秋の夕暮れ（西行）

忘れてはうち嘆かるる夕べかな　我のみ知りて過ぐる月日を（式子内親王）

夕されば野辺の秋風身にしみて　鶉鳴くなり深草の里（藤原俊成）

藤原定家はこの頃、京から鎌倉にきて度々実朝に会っており、実質的に実朝の歌の師であるといってよい。このようにして作歌を学びはじめた実朝は急速に驚くべき上達を示した。定家は驚き、後鳥羽上皇も実朝の歌に感銘され賞賛された。また有名な歌人、鴨長明も京から実朝を訪ねている。

こうして実朝は急速にその天才を現した。金槐和歌集は彼の二十二歳までの初期の作品六百首余りを、詠まれた時期とは無関係に実朝自身が編纂したものである。金槐和歌集の金は鎌倉の偏、槐は大臣の位を示す。つまり鎌倉の大臣を意味する。この和歌集の歌は雄渾、雄大にして繊細、前人未到であり後人の達し得ざる境地に入った。現在の我々の心にも強く響く秀歌が数多く含まれている。

俳聖、松尾芭蕉は「中ごろ（鎌倉時代）の歌人は誰ならん」と問われて、即座に「西行と鎌倉右大臣ならん」と答えた。

新古今和歌集の歌は優美であるが、写実性、迫真性に欠けていると指摘した正岡子規は実朝の歌に驚嘆し賛美した。

筆者の思うままにいくつかを引用しよう。

箱根路をわが越えくれば伊豆の海や　沖の小島に波の寄るみゆ

大海の磯もとどろによする波　割れて砕けて裂けてちるかも

吹く風の涼しくもあるか自ずから　山の蝉鳴きて秋はきにけり

たまくしげ箱根のみうみけけれあれや　二国かけてなかにたゆたう

ときによりすぐれば民の嘆きなり　八大竜王雨やめたまえ

物言わぬ四方のけだものすらだにも　あわれなるかなや親の子をおもう

世の中は鏡にうつる影にあれや　あるにもあらずなきにもあらず

ほのほのみ虚空にみてる阿鼻地獄　行方もなしというもはかなし

けさ見れば山もかすみて久方の　天の原より春は来にけり

そしてこの金槐集の終わりは、あの有名な歌、

山は裂け海はあせなん世なりとも　君に二心我あらめやも

で結ばれている。

この歌は明らかに実朝の後鳥羽上皇に対する忠誠を誓ったもので、このような将軍がいては鎌倉幕府にとって不都合なのである。

実朝が金槐集を、藤原定家を介して後鳥羽上皇に進呈したのは、和田合戦の行われた年、建暦三年（一二一三年）十二月十八日である。この事実は、実朝の死が承久元年（一二一九年）であることを考えると、実朝が金槐集に残されている名歌を詠んだのは彼のごく若い二十二歳までである。彼は将軍になってから歌を詠むことを止めたのであろうか。稀代の

評論家小林秀雄は、この事態を「実朝は若くして自らの美神を縊り殺した」と形容した。いずれにせよ実朝は、将軍就任後はその務めを果たすことに努力し、歌を詠むいとまが無くなったのであろうか。それとも、痛ましいことだが、叔父の義時にいずれ暗殺されると思うと歌が詠めなくなってしまったのであろうか。実朝は京から妻を迎えたが、とうとう子供は生まれなかった。

義時は歌など詠めず、和歌の美しさを感ずる心などはなかった。したがって繰り返し言うが、このような将軍は彼にとって興味がなく、いずれ退場してもらうべき存在でしかなかった。なにしろこの将軍は、義時にとって最も警戒すべき京の後鳥羽上皇に忠誠を誓い、言いなりになるに違いないのだから。

さてこの頃北条政子は、時政、義時によって暗殺された頼家の遺児、善哉を不憫がり、鶴岡八幡宮の阿闍梨に頼んで弟子とし、出家するよう計らった。また善哉を実朝の養子にしようとさえしたが、これは実現しなかった。ある日政子は善哉を実朝に引き合わせた。善哉はまだあどけない少年で、丁寧に実朝に挨拶した。しかし後年、この善哉が公暁と名を変えて実朝を暗殺するなど、だれにも知る術はなかった。

実朝はまた、京で流行していた「蹴鞠」にも蹴鞠師を招いて熱中したがあまり上達しなかったという。これらの所業は伝統的な鎌倉武士たちの不評の的となってゆく。

「将軍はなぜ歌や蹴鞠ばかりやっておられて武芸にはげまれないのか、困ったことだ」

しかし鎌倉武士たちにも蹴鞠に熱中する者が現れた。義時の弟、時房もその一人である。彼は兄の義時に向かって言う。

「兄上、あなたはなぜ蹴鞠をおやりにならないのですか」

「………」

義時は黙っている。時房はさらに言う。

「蹴鞠を空中に蹴り上げるのは気分爽快ですよ。私は京で上皇様の前で蹴鞠をやり、なか

蹴鞠（『年中行事絵巻考 巻3』国立国会図書館デジタルコレクション）

なか上手だとお褒めにあずかりましたよ」

義時は答えた。

「私は生来不器用だ。蹴鞠などやる気はない。それよりもずっと大事なことがあるのだ。いまにおまえもわかるだろう」

実朝は驚くべき計画を立てた。怪しげな中国人、陳和卿に唐船を建造させ、これに近臣ともども乗って宋の医王山寺院に行こうとしたのである。陳和卿によれば、実朝は前世で医王山の長老、自分はその弟子であった。実朝はその鋭敏な感覚から、彼の叔父義時が時期は定かでなくとも、いずれは彼を暗殺するだろうと予感していたに違いない。そして、これから逃れる手段を考えていたであろう。

これに対し義時は、表面では実朝の言う通り唐船の建造費を支出してやり、こうして唐船は由比ヶ浜で建造され進水するばかりとなった。ところがこの船はいくら人々が押しても動かず、そのまま朽ち果てた。恐らく義時の計画だったろう。

こうして実朝は、義時の暗殺の手から逃れる術を失った。

# 4 畠山重忠の死

時政は、頼家暗殺後独裁力を強め、みずから執権という職を創設してこれに就任した。ここで執権とは何かを説明しておこう。将軍実朝に子が生まれなかったため、幕府は京の朝廷に願って幼い皇子を将軍の後継者として鎌倉に迎えることにした。そしてこの皇族を将軍として鎌倉に迎える制度は後の建武の中興で幕府が滅亡するまで続くのである。この将軍のために権力を「執行する」役を執権というのである。

時政はさらに、後妻、牧の方の野望により、自分の娘婿、平賀朝雅に命じて畠山重忠を讒言させ、この混乱に乗じてあわよくば朝雅を将軍に立てようとした。これは執権という立場にありながら鎌倉武士たちの信頼を根本から覆す裏切り行為に外ならなかった。

時政は畠山重忠に対し、悪辣、巧妙な手段で彼を追い詰め、ついに重忠が鎌倉幕府に対し謀反を企てている、という話を捏造し、重忠を討つ軍勢をさしむけた。義時はこの計画を知らされておらず、いきなり時政から重忠追討の大軍の総大将に任じられ仰天した。

「なんで私が親友の重忠を討たねばならないのか。悲しいことだ」

元久二年（一二〇五年）六月二十二日正午頃、この追討軍は武蔵国の二俣川の畔で重忠と出会った。重忠はこんなことを少しも知らず、単に鎌倉に参れとのことだったので、彼が引き連れた軍勢は僅か百騎余りに過ぎない。これで重忠に反意はなく、時政の陰謀であったことが明らかとなった。

しかしすでに潔く討ち死にの覚悟を決めた重忠は、討手の大軍中に親友の下河辺行平の姿を認めるとこう親しげに言った。

「やあ金吾（行平の職名）、弓馬刀槍の友が人に先駆けての出迎え、殊勝に思うぞ」

こうして始まった戦闘は容易におさまらない。

討手の武将はみな重忠を討つに忍びず泣いているのである。それでも重忠軍は小勢のため次第に討ち取られてゆく。

義時は重忠を見つめた。重忠は満足そうに微笑んだ。義時は叫んだ。

「はやく重忠殿を楽にしてさしあげよ」

これに応じて愛甲三郎の射た矢が重忠の額に当たり、重忠は望みどおり武名に輝く四十二歳の生涯を終えた。

「ああ、何ということだ」

義時の胸には親友の重忠を殺した父時政に対する怒りだけではなく、もっと深刻な怒りが込み上げてきた。義時や政子という先妻の子を差し置いて、後妻の牧の方の娘婿、平賀

畠山重忠公之像（畠山重忠公史跡公園）

朝雅を将軍にするという計画が明らかになったのである。時政はこの企てに反対するに違いない剛直な重忠を排除するつもりだったのである。この企みが成功すれば、実朝は引退させられるか殺されることになり、義時と政子の出番は無くなる、つまり失脚するのである。したがって、この企みは実朝、義時と政子に対する裏切り行為である。しかし義時は同時に思った。

（これでやっと父上から私が権力を奪う絶好の機会が来たのだ。これで私が若い時から気に掛けてきた蒙古の襲来に備えることに繋がるかも知れない）

義時は、将軍の後見を託されているため尼将軍と呼ばれる姉の政子と仲が良かった。彼はいつもにこにこして政子の頼朝の女癖の愚痴を聞いてやっていたのである。義時は政子と共に時政を訪ねこう言った。

「父上、この上はどうかおとなしく伊豆にご隠退下さい。畠山重忠殿の件といい、平賀朝雅の件といい、もはや父上は鎌倉武士を裏切り、彼らから見放されました」

「………」

時政は長年冷遇してきた義時に、自分の蒔いた種とはいえ、とうとう引退を迫られたことを知った。これを拒めば事態はもっと悪くなるだろう。彼は、義時、政子の言葉に従って牧の方とともに伊豆に引退し鎌倉から去り、建保三年（一二一五年）七十八歳で亡くなった。た。平賀朝雅は京にいたが直ちに誅殺され、時政、牧の方の野望は崩れた。こうして義時は時政の跡を継いで二代目の執権になり、幕府の政治の主導権を握ったのである。

またこの時期から、京で蹴鞠に熱中していた義時の弟、時房が義時と協力するようになった。この時義時はこう言って時房に協力を頼んだ。

「時房よ。おまえはこれまで京で蹴鞠をしたり好き勝手にふるまってきた。しかしこれからは私に協力して欲しい。私は実は商人から話を聞く蒙古のことが気になってならないのだ。このまま国を守るべき鎌倉武士がこんなにばらばらでは大変なことになるだろう」

「兄上、よくわかりました。実は私もそう思っておりました。もう京の蹴鞠など飽きてしまいましたよ。私は実は兄上の力に感服しております。兄上にどこまでもついてゆきますよ」

時房の態度の急変は、兄の義時の影響によるものであった。そして時房は、義時の長男、泰時とともに兄を助けて終生変わることはなかった。

# 5 和田合戦

和田義盛は頼朝挙兵以来の宿老で、挙兵の頃から頼朝に願って侍所の別当、つまり幕府の軍事の責任者になっていた。武勇に優れていたが我儘な性格で、昔、範頼の下で西国で平家に対し苦戦していた時は、軍勢を束ねる立場にありながら、「こんなありさまなら鎌倉へ帰る」と駄々をこねたような人物であった。義時はかねがね、義盛とその一族を除かなければ鎌倉武士を一つにまとめることはできないと考えていた。

この義盛が一期の思い出に、幕府から上総の介に任命して欲しいと将軍実朝に願いでた。実朝と義盛は気の合った主従で、実朝は義盛の武勇談を聞くのを好んだ。

「実朝様、どうか爺に一期の思い出に上総の介に任官できますようお取り計らい下さい」

「よしよし、ほかならぬ爺の頼みなら叶えてやろう」

実朝は母の政子に義盛の望みを伝えると、「源氏の血を引かないものが介になった前例がない」と反対される。押し問答が長く続き、じれた義盛は上総の介任官の願いを撤回した。義時と政子による「いやがらせ」である。

すると今度は全く別な件で和田一族の面目を失わせる事態が起った。これは義時の巧妙な挑発で執拗、悪質極まるものであった。

「うーむ、義時め、我々一族の面目を踏みにじりおって、もう許さん」

遂に堪りかねた義盛は、一族こぞって義時を襲撃する決心をし、一族の兵を鎌倉に呼び集めた。とうとう和田一族は義時の挑発に乗ったのである。義時はこれを待ち構えていた。

「時房、泰時、とうとう義盛は襲撃を掛けてくるぞ、ぬかりなく準備せよ」

「兄上、準備はできております。しかし、鎌倉に集まってくる武士たちは我々に付いてくれるでしょうか」

「我々が阿波局を乳母とする実朝様を戴いている以上大丈夫だよ」

この時、義盛の同族で本家でもある三浦義村はかねて義盛の傍若無人で本家をないがしろにする態度を嫌っており、義時宛てに実朝の御所を守って共に戦うという誓紙を書いて義時の味方となった。以後彼は一貫して義時とよい関係を保つのである。

建暦三年（一二一三年）五月二日の午後、遂に義盛が百五十騎で義時らが立てこもる将軍実朝の御所を襲撃しようと兵を動かし始めた時、三浦義村は直ちにこれを義時に報告した。

「やあ、義盛がとうとう動き出したか、心得たり。しかし我々は実朝将軍という『玉』を握っているのだ、負けてたまるものか」

この時義時は囲碁の会を自邸で催していたが直ちに御所に駆け付けた。義時も不意を突かれたのである。

和田軍は御所を包囲した、義盛の三男、朝比奈三郎義秀は豪勇の誉れ高く鉄棒を振るって奮戦し、遂に御所の門を破って侵入し火を放った。このため御所は燃え落ち義時らは実朝と共に御所から逃れねばならなかった。

「さすがは朝比奈三郎、敵ながらあっぱれだ。しかしおまえたちの働きもこれまでだ」

義時は将軍実朝を擁していたので、鎌倉の動乱を聞いてやってくる武士たちは皆実朝に味方し、総数五百騎の義盛勢は人数ではるかに劣勢になった。しかし武勇を謳われる鎌倉武士の戦いである。両軍の激闘は日が暮れても次の日になっても続いたが、義盛が愛していた四男の義直が討ち死にすると、義盛は落胆し戦う気力を失う。

「ああ、義直、果てたか、わしはもはや生きている甲斐がない」

義盛は号泣しつつあたりを彷徨い、ついに討ち取られた。六十七歳であった。こうして人数で遥かに優勢となった義時勢が戦いに勝利し和田合戦は収束した。豪勇朝比奈三郎らは船で安房に落ち延びていった。

義時が言う。

「やっと勝ったか、でも相手も手ごわかった。御所に攻めこまれ、火を放たれた時には、あわや負けるかとひやひやしたよ」

時房、泰時は答える。

「本当に際どい勝ち方でした。敵ながらあっぱれでした」

この和田合戦では、泰時に以下のような逸話がある。彼の言葉で引用しよう。

「わしは戦の当日馬に乗ると、どうも気分が良くない。この原因は昨夜酒を飲んだための二日酔いであった。そこで禁酒の誓いをたてたのだ。ところが戦闘中、ある者が私に酒を勧めてくれるので、うっかり飲んでしまった。そして酒が余りにも美味しかったので、即刻禁酒の誓は取り消してしまったよ」

しかし辛勝でも勝利は勝利であった。和田一族を滅ぼした義時の前にはもはや敵対するものはいなくなったのである。

やはり昔畠山重忠が言ったように、まず相手を挑発し、対策をぬかりなく立てておけば、相手はこれに嵌って攻撃してくれた。そして義時は目的を達したのである。

この結果、義時は二代目執権として政治をおこなう政所別当と武士を統御する侍所の別当を兼ねることになった。強大な力を持つ権力者が誕生したのである。この職は執権とよばれるようになる。

しかし執権となって鎌倉幕府の主導権を握ったとはいえ、義時はまだこう思っていた。

(まだこれでは蒙古の襲来に備えるには不十分だ。朝廷というものが幕府の上にあるのだから)

この和田合戦に参戦した義時の弟、時房と義時の子、泰時は以後車の両輪のように義時を助け、これから記述する承久の乱により我が国の政治を武士のものとすることになる。

なおこの泰時は非常な傑物で、彼なしにはのちの承久の乱の成功はなかったのではないか、とまで思わせる。

一方、実朝は夢に義盛の悲哭の声を聴き、自分の運命を思ったであろう。

## 6 義時による実朝の暗殺

実朝には子供がなく、幕府は後鳥羽上皇の皇子の一人を、実朝の後継者として迎えることを希望し、これに後鳥羽上皇は内諾を与えていた。

また後鳥羽上皇は、実朝が若年であるにも拘わらず、高い官位を与えてきたが、承久元年の正月下旬、実朝を右大臣に任じることとし、式典を鎌倉の鶴岡八幡宮で行うことになった。

「実朝様、この度右大臣にご就任になりますと、もうこの上の官位は左大臣しかございません。若くしてこのような高い位に上るのを『位打ち』と申しまして本人を駄目にすると申しますが」

と幕府の重鎮、大江広元が諌めると、実朝はこう言った。

「私は子供がないので源氏の嫡流は私が死ねば絶えることになる。だからせめて高い官位に昇って源氏の名誉にしようと思っているのだよ」

「……」

近臣は言葉もなく引き下がった。

さて義時は非情にもこの機会に実朝を暗殺しようと準備を整えていたのである。和歌など解さない義時には、実朝を暗殺することが我が国の生んだ天才を抹殺し、我が国の文化に取り返しのつかない損失を与えることなど念頭になかった。

承久元年（一二一九年）一月二十七日、式典は八幡宮の社殿の前で行われ、いよいよ実朝に右大臣宣下が行われる直前、異変がおこった。それまで佩刀を捧げて実朝のそばに控えていた執権、北条義時が、急に気分がわるくなったといいたて、自邸に帰ってしまった。そこでやむをえず、源仲章が代役を務めることになった。また、実朝を護衛する兵千人が控えていたが、社殿の前に立ち入ることを禁じられていたことも不審なことであった。

実朝が右大臣宣下を受けるため歩き出すと、突然現れた数人の僧形の男たちが実朝に襲いかかり首を打ち落とした。実朝に付きしたがっていた源仲章も殺された。この凶行をおこなったのは、亡き頼家の遺児、八幡宮の別当を務める公暁らであった。彼らはどこに居ようと怪しまれることなく実朝に近づくことができた。

彼は実朝の首を落とすと、「親の仇はかく討つぞ」と叫び、実朝の首級を持って三浦義村を頼ろうとしたが、逆に捕らえられて殺された。

公暁を鶴岡八幡宮の別当に任じていたのは、彼を不憫がっていた祖母の政子であったが、その温情が仇になったのであった。政子はその子と孫を一時に失ったのである。

こうして公暁が殺されると、この事件の真相は不明とされた。

しかし義時が実朝を暗殺したことに疑いの余地はない。まず公暁が実朝を父、頼家の仇であると信じさせ、実朝を襲わせるように仕向けることは、義時にとって容易であった。また先代の将軍を殺した者が、次の将軍になる資格など倫理的にありえない。さらにしばしば実朝暗殺への関与が疑われる三浦義村は、すでに和田合戦の際、本家でありながら和田義盛を嫌い、義時に起請文を出して味方したのである。義時に対抗するような人物ではなかった。天才歌人実朝を冷然と暗殺することで、義時は日本文化の破壊者となった。

実朝の二十七歳の若さでの横死は、賀茂真淵、正岡子規、小林秀雄など後世の人々から痛惜された。彼がもっと長く生きていたら、どんなに多くの秀歌が生まれていただろう。しかし歴史はこの希望を容赦なく消し去ってしまった。

「歌詠みに与うる書」で古今集、新古今集の歌を、写実性に欠けるとして批判した正岡子規は、実朝の「大海の磯もとどろに寄する波――」の句に驚嘆し、実朝の賛美者となった。彼は実朝の余りにも若い死を痛惜し、「実朝は歌人としてこれから、と言うところで亡くなり本当に残念である。彼が永らえていたらどんなに沢山名歌を残したか知れないのに」と述べている。

稀代の評論家、小林秀雄は実朝の暗殺を「歴史という巨人の手によるどうしようもない悲劇」であると言い、金槐集の最後の歌「山は裂け海はあせなん世なりとも――」には、生きながらえるには不適当無垢な魂の沈痛な調べが聞かれる、と述べている。

歌人、斎藤茂吉は、「実朝は先達の歌を本家として、何一つ恐れることなく、躊躇うことなくそれを学んでいるうち、その言語を自分のものとして同化し――」と実朝の天才を指摘している。

実朝が生き延びる道は義時の言いなりになることだけであったが、勿論実朝はそんなことをする意思はなかった。

義時が実朝を暗殺したことを故意に打ち消すかのように、吾妻鏡には実朝が自分の運命を予感していたことを示唆する記述として、彼が八幡宮の式典に先立って詠んだといわれる歌が吾妻鏡に載せられている。

出でていなば主なき宿となりぬとも　軒端の梅よ春を忘るな

しかしこの歌は明らかに後世の偽作である。

義時はこう自問自答していた。

「和田義盛一族がほろんで幕府で私に敵対する者はいなくなった。実朝が死んで幕府にとって危険な将軍もいなくなった。しかしまだ朝廷という大きな勢力がある。これをどうして屈服させればよいのだろう」

しかし意外にも、この回答が得られる絶好の機会が外ならぬ朝廷の側から齎されようとしていた。

# ■第三部

# 承久の乱

## 1 義時追討の院宣

人も惜し人も恨めし味気なく　世を思ふゆゑにものおもふみは

奥山のおどろが下もふみわけて　道ある世ぞと人に知らせん

などの歌で知られる後鳥羽上皇は、新古今和歌集などを編纂した歌の天才、文化的巨人であった。

後鳥羽上皇は後白河法皇の孫であったが、父の高倉天皇が崩御されたため兄とともに後白河法皇に呼び出された。兄は法皇が抱こうとしたが、むずかって泣き出した。しかし弟は法皇をさもなつかしげに見つめ法皇に抱かれたので、法皇は感激しこの子を世継ぎとさだめた。

しかし当時、平家が壇ノ浦で滅亡し、その時三種の神器のうちの宝剣が失われた。このため彼は三種の神器を欠いたまま即位して後鳥羽天皇になった。この事実は後鳥羽上皇のこころに傷となって残り、なにか目立った仕事をしてこの引け目を帳消しにしたいと願い、これが承久の変の遠因になったと言われる。

その後時がながれ、後鳥羽天皇は十九歳で土御門天皇に譲位して後鳥羽上皇（後鳥羽院）となり、「治天の君」として朝廷の政事を司るようになった。後鳥羽院は長ずるにつれて多芸多才ぶりを発揮し、特に和歌に優れ、新古今集の編者として名を遺した。武芸にも優れ、刀鍛冶も自ら行い、蹴鞠の名手でもあった。

ところで、実朝暗殺後の承久二年には、京ではある武士の反乱で後鳥羽院の住まいである大内裏が火事で焼失する事件があり、院は直ちにこれを再建しようとしたが、莫大な費用が掛かるため反対が多く取りやめざるを得なかった。また鎌倉でも大地震などが起こり世情騒然としていた。

後鳥羽院はかねがね、頼朝に奪われた朝廷の権益を取り戻したいと思っており、執権義時の呪詛をひそかに行わせていたが、さらに義時打倒の謀を計画していた。この計画とは、実朝暗殺で幕府が内紛で混乱しているのに乗じて、義時のみを鎌倉武士たちから切り離して滅亡に追い込むことであった。

「義時め、今に見ろ。泣き面をかかせてやるぞ。わしの命令に武士たちは従うに決まっておる」

しかし実際には、幕府は混乱などしてはいなかった。執権義時が毅然としていたからである。

後鳥羽院は実朝暗殺に驚き彼の死を悼んだが、ひとまず皇子を次代将軍として鎌倉に差し向けることは撤回した。これに対し義時は弟の時房に千騎の兵を与えて京に上らせ、皇子を早く鎌倉に来させるよう圧力をかけるとともに、彼の妻の姻戚、伊賀光季と三浦義村の弟、三浦胤義を上皇の真意を尋ねさせるため派遣した。上皇はこれを待っていたのである。

皇子派遣の条件として、上皇は彼の寵妃である亀菊の所領の地頭の更迭（支配権の譲渡）を要求した。

しかしこの土地は頼朝時代から鎌倉方の支配地である。義時は断固拒否した。拒否せねば、武士の権益を保護すべき執権の責務を自ら否定することになる。

「あの土地は頼朝様以来、私どもの所領でございます。主上のお言葉でも差し上げることはできません」

「なんだと、何を言うか。わしに逆らうのか」

もはや自分の力を過信しきっている上皇は、急転直下驚くべき手段にでた。伊賀光季と三浦胤義に上皇への服従を命じた。胤義はこれに従ったが、光季がこれを拒否すると、承久三年（一二二一年）五月十五日、即座に上皇直属の一千騎の軍勢で光季邸を包囲しこれを討ち果たしたのである。

この時、鎌倉武士の潔さを伝える以下の挿話が残されている。おりしも京の光季邸には、父に元服の晴れ姿を見せようと、光季の子光綱が鎌倉から来ていた。「光綱おまえはまだ若い、ここで死ぬことはない。すぐ鎌倉へ帰りなさい」という父の勧めに対し、「私は元服して一人前になったのです。鎌倉武士として父上とともに戦います」と言い、勇戦して父とともに潔く戦死した。

この戦いで後鳥羽院方に加わった三浦胤義に向かって光季が「おまえも院に従うのか」と詰ると、胤義は「わしはただ時勢に従っただけだ」と答える。光季が胤義を狙った矢が危うく当たりそうになると、彼は慌てて退いた。このように、後鳥羽院の威光には逆らえないと考える武士も多くいたのである。

後鳥羽院は光季の勇戦と死を聞くと「惜しい者を殺した。彼のような者を義時追討軍の総大将にしたかった」と言ったという。

後鳥羽院はさらこの日、畳みかけるように、北条義時を上皇の命に背いた謀反人として、これを追討せよとの院宣を鎌倉の武士たちに発した。この院宣は義時ただ一人を謀反人として討てとの命令で、三浦義村ら鎌倉の有力武士宛てに出されており、義時のみが鎌倉武士から切り放され謀反人とされていたのである。

したがってこの院宣が鎌倉に届くまえにこれを察知し対策を立てることが急務であった。幸い和田義盛亡きあと鎌倉で唯一の豪族となった三浦義村は、いち早く上皇が院宣を発したことを知りこれを義時に伝えた。これで三浦胤義を院方に引き入れた後鳥羽院の思惑は外れてしまった。討ち死にに先立ち伊賀光季が発した報せも鎌倉に届いた。また上皇の院宣を京から鎌倉に運んだ使者は、院宣を鎌倉武士たちに伝える前に鎌倉方に捕らえられたので、院宣は外に漏れることなく、幕府がこれに対応することができた。

# 2 京への進攻

京からの皇子が下向した場合の住居である北条政子邸には、急を聞いた鎌倉武士たちが参集した。一般に流布されている話では、北条政子はここでこう言ったという。

「皆の者、心を一にしてよく承れ。現在おまえたちが持っている権益は、みな頼朝公が苦心の末朝廷から勝ちとられたものである。さすれば頼朝公の御恩は海より深く山より高い。この御恩がこの度の理不尽きわまるご沙汰で無になってよいのか」

政子は、義時個人に向けられた院宣を、巧妙な語り方で鎌倉武士に対する頼朝の恩、つまり武士たちの利益にすり替えたのである。

しかし筆者は政子の大演説は実際には無かったと思う。何故なら実朝暗殺を絶好の機会として勝手な条件をだし、これに従わないとみるやたちまち反逆者と決めつけこれを討伐せよ、とは余りにも理不尽だからである。

集まった武士たちは、このような理不尽な院宣に従えば、これまで頼朝が朝廷から獲得してきた彼らの権利、利益が、政子に言われないでもいずれなしくずしに失われることがよくわかっていた。

もし一をゆずれば次は十をゆずることになる道理である。

後鳥羽院がこのような言い分が武士たちに通ると思ったのは大きな過ちであった。義時はただこう言い放って泰然としていた。

「これまでの仕来りを破りご謀反なさったのは、わしではなくは主上ではないか」

この頃の義時は、後世「深沈として大度あり」と言われたように、円熟した落ち着きを示していた。

ここで改めて、義時と姉の政子との関係を考えてみよう。この姉と弟は一心同体であったはずはない。なぜなら、政子はその夫、子供、孫を義時に殺されているからである。この事実からみて、政子は時政、義時の計画を全く知らず、義時が都合の良い時だけ引っ張り出す操り人形に過ぎなかった。彼女が尼将軍と呼ばれその活躍を謳われるのは虚構の産物である。彼女の大演説が実際には無かったと筆者が思うのはこれらの理由からである。

さて義時の予想通り鎌倉武士はことごとく義時側に付いた。したがって次に決定すべきことはいつ、どのようにして京側に反撃するかであった。

まず箱根の山の天険で京都の軍を待ち受けるなどが考えられた。しかし大江広元、三善康信ら、以前朝廷に仕えていた者はこれに断固として反対した。

「朝廷のやることは皆いい加減だ。過去にも院宣を取り消したりしており、今回も院宣が出ても実際に追討軍が直ちに鎌倉に差し向けられはしない。したがって一刻も早くこちらからすぐ京に攻め上れば、京の朝廷には戦術眼をもった者などおらぬ、慌てるだけだ」

義時はこの主張を尤もとして採用し、まず五月二十二日雨の降る中を義時の子、泰時、有時、実義、孫の時氏ら一族が僅か十数騎で東海道を京に向かって進発した。続いて同じ日に北条時房、三浦義村らもこれにつづいた。

このように上皇の院宣が執権義時のみを反逆者としている以上、まず進発するのは言うまでもなく義時の一族でなければならなかった。しかし彼らは後鳥羽院に逆らう行動をとることの恐ろしさに戦々恐々としていた。

この時、以下のような挿話が伝えられている。泰時は当初京に攻め上るのは恐れ多いとためらったが、これに対し義時は大いに怒り、「すでに我々は主上にお逆らいするという大それたことをなそうとしている以上、運を天にまかせて京へ攻め上るほかはない」と言ったという。これが義時の本心であったろう。

また泰時が「もし主上がご自身で出陣しておいでになったらどういたしますか」と尋ねると、義時は「よいことに気づいた。その時は弓矢を折って降参せよ」と言ったという。この話は明らかに後世の作為である。ためらうことなく、ひたすら京へ攻め上れと命じたのは義時だったのである。彼は神罰、仏罰など信じてはいなかった。

義時の京への進撃の態度にぶれや逡巡が全くなかったことが、このような迅速な動員を可能にしたのである。

なお、泰時や大江広元、三好康信らの宿老は鎌倉に留まり、軍勢の徴発や兵糧の輸送を行った。

# 3 京の制圧

このような経過を経て、ひとたび幕府の京への反撃方針が決まると、武士たちにはこれに遅れまいとする気持ちが生じ、五月二十五日には総計十九万騎の兵力が東海道、東山道、北陸道の三道に分かれて京へ向かって攻め上った。

「何、鎌倉勢が京へ攻めてくるというのか、何ということだ、彼らはこんな大それたことをして神罰、仏罰を恐れてはいないのか」

後鳥羽上皇と近臣たちは驚愕し大いに慌てた。

この人数には誇張があるに違いないが、それにしても驚くべき大軍である。これに対して、上皇方の兵力は総数約二万に過ぎない。承久三年五月初旬鎌倉勢が遠州に達すると、驚き慌てた上皇方は、上皇の側近、藤原秀康を追討使として派遣した。しかし無能な秀康は、もともと兵が少ないにも拘わらず、いたずらに兵力を分散させて敗れ後退した。

この時、半ば予想されていたことが起こった、東山道の軍を率いる武田信光が、鎌倉方につくか、上皇方につくか二股をかけようとしたのである。しかしこれは北条時房の機転により、鎌倉方に付けば適当な恩賞を与えるとの条件を出して切り抜けた。

このようなことが起こったのをみても、泰時らが義時の主張により迅速に京に進発したのは正解であった。もし箱根に止まっていたら、神罰、仏罰を恐れ、上皇が示した恩賞に目がくらんで後鳥羽院の誘いに乗るものが続出したかもしれない。

六月五日木曽川を渡った幕府軍に対し京方は懸命に戦ったが敗退した。鎌倉勢は六月初旬にはさらに尾張、美濃に入り、無策な上皇方はまたも敗走した。

「これは大変なことになった。このまま敗退を続ければ鎌倉勢は遠からず京に入ってくるだろう。そうなったらお仕舞いだ。何としても防げ」

後鳥羽院はそれでも更に軍を送ったが事態は変わらない。上皇が期待し鎌倉勢が恐れた神罰、仏罰は一向に起こらないのである。

六月十二日、時房、泰時らは休息をとり態勢を整えると、十三日に小雨の降る中を時房は瀬田、泰時は宇治、三浦義村らは淀、芋洗に向かって前進し京方との決戦に臨んだ。上皇方の一万の軍勢は宇治川を挟んで必死に防戦する。川に架かった橋では橋板を落とした橋桁の上で京方の奈良の僧兵が薙刀を振るって必死に防戦する。時房、泰時らは損害が多いとみて一時攻撃を控えさせた。

そして遂に六月十四日京方と鎌倉方との最後の決戦が開始された。小雨が降りしきる中を泰時らは攻撃を開始する。泰時は我が子、時氏に向かって叫んだ。

「時氏、命を捨てて宇治川を渡り京方を攻撃せよ」

時氏はこれに応じて馬を川に乗り入れる。泰時の軍勢も時氏と共に轡を並べて川に入り京方を攻撃する。宇治川は連日の雨で水嵩が増しており、激流に流され溺死する者が続出したが、これに屈せず時氏は遂に渡河に成功した。

宇治川の上流では、鎌倉勢が浅瀬を見つけ渡河し、京方を攻める。こうして苦戦しながらも鎌倉方は京方に勝利し、芋洗の岸に陣をしいた。もはや彼らが京に入るのを妨げるものはなくなったのである。

この時、義時はすでに鎌倉で捕らえられていた院宣をもった上皇の使者を上皇に突き返し、次のような口上を言わせたという。

「主上の私に対する院宣のご返事として私は十九万の軍勢を差し向けました。どうぞ御所の御簾の陰からご覧下さい」

この言葉からも、義時が神罰、仏罰など気に掛けていなかったことがわかる。

## 4 後鳥羽院の配流

京に入った鎌倉勢は、当初乱暴狼藉をはたらいた。記録には京の人々の逃げ惑う様を「鷹に襲われた小鳥の如し」と形容されている。

「ああ、とうとう京は鎌倉勢に占領されてしまった。何ということだ。神も仏もおらぬのか」

後鳥羽上皇は完全に度を失っていた。

「わしはなんであんな院宣を出してしまったのだろう。今からではどうにもならないものか」

このありさまに後鳥羽院は、何を思ったのか比叡山に上り、僧兵たちに保護を求めた。しかし歴史的に見てこのような前例はない。僧兵に保護を断られた上皇は空しく御所に戻った。

そして門を閉じ、ここに落ち延びてきた上皇方の武士たちにこう言った。

「このたびの挙兵は近臣が勝手におこなったもので、わしには一切かかわりはない。どこへなりと落ちてゆけ」

「貴人に情なし」というが何という身勝手、冷たい言葉であろう。こうして上皇に見捨てられた武士たちは悲憤し、ある者は自害し、ある者は落ち延びていった。しかし勿論これで済むはずはない。

一方、戦勝を報告する泰時の報告が六月二十三日未明に鎌倉に到着した。

「おお、勝ったか、皆よくやってくれた。今私は言うべき言葉もない。帝王になったよりも幸せな気持ちだ」

義時は頬を紅潮させ、こう言って喜びを表した。

「今は義時思うことなし。義時の果報は王の果報になおまさりまいらせたりけれ」

彼は鎌倉方の勝利を確信していたものの、なお一抹の不安に苛まれていたのである。しかし義時らは喜んでいるばかりとはいかなかった。京での乱の処理を泰時らに命令しなければならなかったからである。

戦勝の報告を受けたのと同じ日には大江広元が、翌日には義時が、それぞれ乱の関係者の処分を事細かく指示した命令書を泰時らに送っている。

「主上は同じ王士といえども京から遠く離れた隠岐の島に流し奉れ、この命令に背く者はたとえ鎌倉方でも首を斬るぞ」

鎌倉の義時によって下された厳命は人々を驚かせた。後鳥羽院の隠岐の島への流罪という厳しいものであったからである。これで『治天の君』の権威は完全に踏みにじられた。

「身から出た錆とはいえ、大変なことになってしまったな。わしは島流しになるのか」

後鳥羽院は承久三年七月八日に落飾し、十三日京を発った。彼は罪人用の手輿に乗せられ甲冑の武士に囲まれていた。寵姫の亀菊がこれにしたがった。一行は八月五日に隠岐国刈田郷の配所に着いた。彼は配所に着くと、京の母と妃に歌を送った。

たらちめのきえやらでまつ露の身を　風よりさきにいかでとはまし

しるらめや憂きめをみおの浦千鳥　島島しぼる袖のけしきを

こうして後鳥羽院は終生京へ帰ることなく十九年をここで過ごすことになる。

京方の公家や武士にも厳しい処分が下された。ある者は死罪となり、ある者は配流された。三浦義村の弟で後鳥羽院方となった三浦胤義は、後鳥羽院のつれない態度に呆れ悲憤し東寺にたてこもったが、後自害した。

義時の厳命により当時の仲恭天皇は廃され、十歳の幼帝、後堀河天皇が即位した。彼はまさか天皇になるとは思わずひっそり暮らしていたが、無理やり連れだされ、拝むようにお願いされて即位したのである。そして後堀河の父、守貞親王が、過去に帝位に就いたことがないにも拘わらず上皇となり後高倉院として院政をおこなうことになった。

更に後鳥羽院の子である土御門上皇は乱の計画には加わらなかったにも拘わらず、自ら望んで土佐国へ流されたが、後に京に近い阿波に移された。順徳上皇は佐渡に流された。他の皇子たちも流罪となった。

このように義時の処断により、従来朝廷が握っていた天皇、上皇を選ぶ権利は幕府の手に帰したのである。これは我が国が、義時が多年望んだように、実質的に別な国になったことを意味していた。武士のみが政治の実権を握る、当時の世界では類例にない特殊な国になったのである。

泰時と時房はそれぞれ六波羅探題の北方と南方に居て、京の治世と朝廷の監視を行った。

更に幕府は、処罰された皇族、公家、武士などの所領三千か所以上を没収し幕府の支配地として地頭を置いた。地頭とは土地を管理し、税を徴収する権利を持つ役職で、徴収した税の一部が地頭の収入となる。この新しい支配地はこれまで幕府の権力が及ばなかった京以西の諸国であった。これは幕府が来るべき蒙古襲来に応じて西国の武士も動員しうることを意味していた。承久の変で功績のあった武士に与えられた地頭職を新補地頭と呼んだ。

こうしてその目的を完全に達成した義時はある夜夢をみた。夢の中に現れたのは畠山重忠であった。重忠は武蔵国で討ち死にする時、義時にみせたように微笑んでいる。夢の中で義時は尋ねた。

「重忠殿、私のしたことはこれで良かったのだろうか」

重忠は答える。

「ああ良かったとも、上出来だったよ。あなたは悪辣なこともやった。特に主筋の頼朝、実朝父子を殺したのは人倫に悖る所業だったが、人生は限られているのだから仕方がなかった」

「私はこれからどうなるのだろう」

「あなたは、あなたの所業の報いで不名誉な死に方をするだろう。しかしこちらへ来たらまた一緒に狩を楽しもうではないか、待っているぞ」

## 5 隠岐の後鳥羽院と義時の死

「ここが私の終の棲家となるのか。ひどい田舎だな。しかし私には打ち込むべき歌がある。歌を詠むのはどこでもできるのだから。それにここは海辺に近く松原もある。景色もよく里人たちも親切だ。歌を詠むにはなかなかよいところだ」

後鳥羽院が隠岐の配所に着いて間もなく詠んだ歌「我こそは新島守りよ沖の海の　荒き波風心してふけ」は逆境にも積極的に立ち向かう上皇の心が表れている。そしてこの歌の言葉どおり彼は一生をここで過ごしながら和歌に情熱を注ぎ続けるのである。つまり真の歌の天才実朝は義時により暗殺されたが、もう一人の文化的巨人かつ歌の天才、後鳥羽院は、島流しとなって京との連絡を全く絶たれながら、孤島でしぶとく歌道に執念を燃やし続けたのは感動的である。しかし上記の雄々しい歌とともに、「蛙鳴く苅田の池の夕だたみ　聞かましものは松風の音」という運命に打ちひしがれる心境の歌も詠まれている。

また、剃髪した頃詠まれたと思われる以下の三首の歌には、自分の運命を受け入れようとする心境がうかがわれる。

墨染の袖の氷に春立ちて　ありしにもあらぬながめおぞする

墨染の袖もあやなくにほふかな　花吹き乱る春の夕風

ぬれて干す山路の菊もあるものを　苔の袂は乾く間もなき

いずれにせよ、雄々しさと、どうしようもない寂しさが錯綜する心境を経て、後鳥羽院は歌道に対する情熱を取り戻してゆくのである。

隠岐での後鳥羽院の生活については本書の後の部分でまた記述することにしたい。

さて自ら望んで配流される道を選んだ土御門院に対する幕府の処遇は寛大なもので、まず配流地が初めの土佐から京により近い阿波に移され、立派な御所が建てられた。御所は寝殿造りの華麗なもので、土御門院はこの御所で管弦の曲の演奏など四季の行事を楽しまれた。これは幕府が院を流人と思っていなかったことを示している。土御門院が寛喜三年

（一二三一年）に崩御された時幕府が贈った諡号には「徳」の文字がない。しかし後鳥羽院と順徳院の諡号には、それぞれ顕徳院と順徳院で「徳」の文字が入っている。これは恨みを呑んで死んだ者の怨霊を鎮めるためである。土御門院には幕府を恨む理由などなかった。

藤原定家は、後鳥羽院が和歌に熱中し始めた建仁元年（一二〇一年）に和歌所の寄人に任じられ、新古今和歌集の編纂者の一人に加えられた。定家の代表作には、

見渡せば花も紅葉もなかりけり　浦の苫屋の秋の夕暮れ

こぬひとをまつほの浦の夕凪に　焼くやもしほの身もこがれつつ

などがある。頑固、剛直な性格で、後鳥羽院の政治を批判する歌を詠んだため院の逆鱗に触れ、勅勘の身となり公的活動を禁じられた。しかし承久の変ではこれが逆に幸いし、何の咎めも受けなかった。院は定家に愛憎二面の感情を持っていたようで、定家に対し痛烈な批判を残している。これに就いては後で述べる。

さて、承久の変の勝者、義時の身には何が起こっていたであろうか。義時は承久の乱の勝利に全く満足し、京方の処分を終えると、それまで張りつめていた気がゆるみ、後鳥羽上皇のような打ち込むべき対象など持たない彼は、もはや何もすべきことがなくなった。そして重忠の夢を見てからは、徐々に恍惚の境地に入って行った。つまり惚けていったのである。

承久の変から三年後の元仁元年（一二二四年）、鎌倉では義時の後妻、伊賀局が、兄の伊賀光宗と謀って、まだ幼い我が子の政村を次代の執権に立てようとした。これを伊賀氏の変という。この計画に従って、伊賀局は義時を毒殺したのである。

「あなた、このごろぼんやりしておられますね、この薬をお飲みになれば気分がはれますよ」

「………」

義時は妻に言われるままに毒薬を飲み、そして魂のぬけた抜け殻のようになって空しく妻に毒殺されてしまった。伊賀局には義時に対する愛情のかけらもなかった。

なお、鎌倉幕府の公式記録である吾妻鏡には、義時は脚気衝心で急死したとある。義時の所業はその不名誉な最後に至るまで隠され続けた。

思えば義時の人生の頂点は、上皇の追討院宣を受けた時から、戦いに勝ち上皇らの配流を決めた時までであった。この時期に彼は終生の目的、「武士による政治体制の確立」を、完璧に果たしたのである。

彼の死後の混乱の処理のため、泰時、時房らは一時鎌倉に戻り、伊賀局、伊賀光宗らの処分を行わねばならなかった。この時、彼らは、急げば数日で鎌倉に帰れるのに、一か月をかけている。理由は不明である。泰時による関係者の処罰は寛大で、すべて所領没収の上流罪であった。この事件に連座した伊賀局の子、政村は、当時幼かったとはいえ無罪とされ、後に執権にまでなるのである。また伊賀光宗の流罪も何年かして解かれている。このように、泰時の処置は時政、義時時代のように血生臭いものではなく、極めて温和であった。

義時は陰険、狡猾なところが多々あって、後世の印象が甚だ悪い。しかし彼が、終始一貫して承久の変に備えて鎌倉武士の統一に成功し、承久の変の勃発を泰然と受け止め、これに勝利し、断固として天皇、上皇の処分をおこなったことは異形の英雄と言ってよい。

## 6 承久の変の意義

承久の変の結果、一人の天子が廃され、三人の上皇が配流された。そしてこれまで天子になったこともない人物が上皇となり、その子が天子となった。これにより後鳥羽上皇の子孫が天子になる可能性はなくなり、天子の任命は幕府の承認が必要となった。この制度は後の後醍醐天皇時代まで続くのである。この結果、武士が完全に政治の実権を握ることになった。この体制は明治維新に先立つ徳川慶喜の「大政奉還」まで続くのである。

つまり我が国は、さして遠くない時期に迫りつつあった蒙古襲来（元寇）に先立ち、別な体制の国になっていたのである。このことの重要性はいくら強調しても強調し過ぎることはない。承久の乱の勝者として、我が国を外敵からまもる責務を持つ武士の世を作り上げた義時の功績は偉大であり、我が国の恩人であると言わねばならない。

では、時代を隔てた後世で、義時のおこなった行為はどのように評価されてきたであろうか。江戸時代の評価はおおむね後鳥羽上皇の倒幕計画が未熟であったため、幕府の反撃により脆くも潰えたことを指摘するものが多い。勿論、義時の反撃を是認しているのではないが。これはもちろん、江戸時代が義時の創始した「武士の時代」になっていたためであろう。そもそも江戸幕府そのものの存在が、平将門をその創始者とし、北条義時をその政体の実現者としてきたのである。

しかし、明治維新を経て我が国が近代国家になると、後醍醐天皇による建武の中興に身を捧げた楠正成らが賞賛され、義時は恐れ多くも後鳥羽院らを配流した大悪人とされ、小学校の教科書でもそのように教えられた。

しかし何故かある時期から、義時の記述が教科書から全く消えてしまったのである。筆者も少年時代、義時のような極悪人が、なぜ足利尊氏のように歴史の教科書で記述、非難されないのか訝ったことがある。但し、蒙古襲来を扱った青少年向けの本では、義時がおこなった後鳥羽院への仕打ちがさらりと記されており、必ず義時、泰時父子の対話が、後世の作為であるにも拘わらず添えられていた。

もしかすると当時の我が国と諸外国との緊迫した状況から、昔蒙古襲来から我が国を守ってくれた武士の世を作り上げた義時の偉大な功績が思い起されたためかもしれない。

あるいはこれから記述する弘安の役に起こった台風が「神風」として国民の間に広く意

識されていたためかも知れない。これらは皆、義時の所業の産物なのである。勿論、三人の上皇を配流した義時の行為が賞賛されることなど有りえないが。

あとで述べるように、明治維新後の日清、日露戦争で外国との交渉が盛んになると、国民意識の高揚が日本の陸海軍に重要視され、蒙古襲来から我が国を守った鎌倉幕府の働きを記念する事業が盛んにおこなわれた。福岡市の亀山上皇の銅像の建設、軍歌の作曲などがこれにふくまれる。そして考えて見れば、鎌倉幕府の体制を作り上げたのは明らかに義時であった。

そして我が国の現在が義時の時代の延長上にあることを考えると、教科書から義時の記述が消えた原因はこの国民意識の高揚が最大の原因であろう。

長く執権の座にあったにも拘わらず、また泰時という立派な後継者がありながら、当時義時を祀る祠堂などが建てられた記録はない。彼の死にざまが悪かったからであろうか、それとも彼の、歴史から隠された人倫に悖る行為のためであろうか。義時には彼の風貌を伝える肖像も木像もない。現在残されているのは質素な礎石の墓のみである。義時は死後も「隠された」存在でありつづけた。

■第四部

# 時宗と蒙古の襲来

## 1 偉大な政治家、泰時

泰時は叔父の時房とともに六波羅探題として京にとどまり、承久の乱の処置をおこなった。

まず彼らは鎌倉の義時がおこなった処罰の処置を実行し、ついで乱で働いた武士たちの論功行賞に移った。この煩雑極まる事務処理には主に泰時があたった。泰時が入京後二年たつと、父の義時が後妻の伊賀局に毒殺されて亡くなる事件が起こったため、泰時は時房とともに鎌倉に帰った。

すでに述べたように、義時の後妻、伊賀局は、兄の伊賀光宗と謀って自分の子、政村を執権に、娘婿の藤原実雅を将軍にしようとした。そして義時を毒殺した。しかし泰時らはこの企みを抑えた。伊賀局は伊豆北条に閉じ込められ、他の関係者は流罪となった。泰時は父義時の死を悼んだ。

「父上、あなたはこともあろうに何故自分の妻にむざむざ毒殺されるようなことになったのですか。言葉もありません。私がもっと早く鎌倉に帰っていたら父上を殺させはしなかったでしょうに、私は残念でたまりません」

時房も兄の死を残念がった。

「兄上、私は京都へ攻め上る時の戦ぶりを兄上に褒めて頂こうと思っておりました。残念です」

泰時は寿永二年（一一八三年）、義時の長男として生まれ、十五歳で元服し頼朝が烏帽子親となった。彼は義時の跡を継いで三代目の執権になると、嘉禄元年（一二二五年）大江広元と北条政子が亡くなったのを契機に、連署の職を新設し、叔父の時房がこれに就任した。連署とは将軍の出す書類に執権と共に署名する、執権に次ぐ重要な役である。初代の連署には泰時の叔父、時房が就任した。また泰時は約十人の幕府の重臣からなる評定衆を創設した。以後幕府の運営は、執権、連署、評定衆の合議でなされるようになった。

泰時は無欲な人で、父の遺領配分では兄弟姉妹に多く与え、自分は殆どとらなかった。このような無欲公平で寛大な人物が後継者であったことは義時の幸せであった。泰時のおかげで義時時代の血なまぐささがきれいに拭い去られたのである。このため泰時は幕府中興の祖といわれる。

泰時は義時の跡を継いで執権になると、貞永元年（一二三二年）、関東御成敗式目を編纂した。裁判の公平のためには「成文法」が必要であるが、当時は律令しかなかったのである。この律令は武士社会の裁判には適さなかった。この御成敗式目五十一条は以後武士の裁判の基準となった。泰時は偉大な政治家であった。彼は義時の遺志を継いで、来るべき国難に対し我が国を万全の体制に整えてくれたのである。

泰時の若い時、頼朝との間にこんな逸話が残されている。頼朝が屋敷から外を見ていると、徒歩で泰時が歩いてくる。すると、泰時にとって家来筋の男が、立場上下馬して挨拶すべきなのに、乗馬のまま挨拶もせず、泰時とすれ違った。頼朝はこれを見ていた。

後刻、頼朝は両人を呼び、下馬しなかった男に泰時に非礼を詫びよと言った。するとその男は「私は気づきませんでした」と言って謝ろうとしない。すると泰時も「私も考え事をしていて、その男に気付きませんでした」と男を庇ってやった。すると男は図に乗って、「そうだそうだ、私も気づかなかったのだ」と言ったから、頼朝は怒った。

「おまえはせっかく泰時が庇ってくれたのがわからないのか」

頼朝は男の所領を没収し、泰時はその心づかいを賞して太刀をあたえた。

泰時が最も親しく交わった僧は京の栂尾の高山寺の明恵上人である。ある時、明恵が後鳥羽院を島流しにした義時の所業を非難すると、泰時はこう答えた。

「私はたとえ非は上皇様にあっても、上皇様に逆らって兵を送る以上、仏罰を受けて死んでしまっても仕方がないと考えておりました。しかし仏罰を受けることはありませんでした。これは私の行為が必ずしも仏法に背いてはいなかったためではないでしょうか」

この話も明らかに皇室の尊厳を憚って後世に作られたものである。

また泰時は明恵が病の床に就くと次の歌を送った。


西に行く道知る人は急ぐとも　知らぬ我らは暫しとぞ思ふ

明恵は「既にとて出で立つ道も進まれず　留むる声や堰となるらむ」と詠んで泰時の哀惜に答えたが、貞永元年（一二三二年）正月亡くなった。

延応二年（一二四〇年）正月、長年泰時と助け合ってきた時房が亡くなった。叔父に先立たれた泰時の落胆は大きく、連署の後任を選ぼうとしなかった。この時、彼が詠んだ歌「事繁き世の習いこそもの憂けれ　花の散るらん春も知られず」には政治に忙しく、庭の花を愛でるいとまもなかった後悔が滲みでている。

泰時は寛大な面と共に冷厳な面もあった。後鳥羽院の京への帰還を断固として許さず、また承久の乱から二十年たった仁治三年（一二四二年）、四条天皇が十二歳で崩御され、配流されていた順徳院と土御門院の皇子のいずれが皇位を継ぐ候補者となった時、泰時は承久の乱の再発を恐れ、乱の際、倒幕を主張した順徳院の皇子の即位を、朝廷の希望にも拘わらず鶴岡八幡宮のお告げである、と言ってまで拒否し、土御門院の皇子が後嵯峨天皇として皇位を継がせるようにした。泰時は京の六波羅探題に、もし朝廷が順徳院の即位を強行するなら、即刻退位させせよ、と命じていた。これが泰時の執権としての最後の仕事となり、この時の心労もあって同年六月十五日六十歳で亡くなった。

また同年九月十二日、長らく佐渡島で帰京を待ち続けていた順徳上皇は、我が子の天皇即位が泰時に拒否されると、帰京の望みが絶えたことを悟り、食を絶って憤死した。

泰時の墓所は、泰時の子、時頼が泰時のため蘭渓道隆を招いて住持とした大船の常楽寺にある。

## 2 時頼と宝治合戦

北条時頼は、泰時の子、時氏の次男として嘉禄三年(一二二七年)五月二十四日に松下禅尼を母として生まれた。父の時氏は間もなく亡くなったので、祖父の泰時の下で養育された。

泰時の死後、執権職は兄の経時が継いだが、病気で重体となった。重臣たちは「深秘の御沙汰」という秘密会議で、経時に子が二人いるがまだ幼少である、との理由で、時頼をまだ経時が存命しているにも拘わらず執権に任命した。つまり時頼は強引に執権職を自分の家系に奪い取ったのである。筆者はこの行為のため時頼に好感がもてない。一般には時頼は名執権といわれるのであるが。

当時の鎌倉幕府の重臣たちも、執権時頼に反感を持つ者が多かった。では時頼は如何にしてこれらの重臣たちを排除し、執権職を安定し、後年名執権とまで呼ばれるようになったのであろうか。

寛元四年（一二四六年）、北条氏一門（義時の孫）の名越光時が、すでに退位したがまだ京へ帰らず鎌倉にいた前将軍、頼経を擁して時頼を武力攻撃しようとしたが、時頼はこれを鎮圧した。この出来事を「宮騒動」という。

さて三浦氏は義村時代には終始、北条氏と行動を共にする盟友関係にあったが、泰村に当主が変わると関係が悪化した。時頼はこれを憂慮し、いろいろ手を尽くしていた。ところが安達景盛（時頼の母、松下禅尼の父）は、三浦氏との関係が修復されるとそれだけ自分と時頼との関係が疎遠になると思い、不意に三浦泰村邸を三百騎で攻め立てた。急を聞いて駆け付けた時頼勢も安達勢に加わった。泰村は応戦したがおいつめられ、頼朝を祀る法華堂に立て籠った。この時戦に巻き込まれるのを恐れた一人の僧が法華堂の天井裏に隠れていた。この僧が聞き耳をたてていると、三浦氏一族は昔話などを語り合って落ち着きはらっていたが、やがて一斉に腹を切った。鎌倉武士の潔さがわかる。

時頼は宝治合戦後、評定衆の下に新たに引付衆を置いて、政治に参加できる鎌倉武士の数を増やした。これも幕府内の時頼に反感を持つ者の不満を和らげるためであった。彼はまた、六波羅探題であった義弟の北条重時を鎌倉に呼び戻して連署とした。これは明らかに自分の足元を固めるためであった。後に時頼は重時の娘と結婚した。その結果生まれたのが嫡子、時宗である。

時頼が密かに旅人に身をやつして諸国をめぐり歩き、民情を視察したという話はよく知られている。彼が佐野源左衛門常世の家で一夜の泊りを乞うと、源左衛門は快くその頼みを聞き入れ、暖を取る薪がないのでその代わりにと、大切にしていた梅、桜、松三本の盆栽を火にくべて燃やしてくれた。時頼の尋ねに応じて源左衛門は「私がこのように貧しい暮らしをしているのは、親戚の者に私の領地を奪い取られたためです。しかし将軍様から火急のお召がありましたら、即刻馳せ参ずる積りでございます」と答えた。

時頼は鎌倉に帰ると早速近隣の武士たちに、鎌倉に集まれとの招集をかけた。これに応じて集まった武士たちの中にみすぼらしい姿の源左衛門を見出すと、時頼は彼を賞賛し、奪われた領地を取り戻してやり、更に梅、桜、松の名の付く三か所の土地を与えたという。

この話は有名で、教科書にも使われたが、明らかに実話ではない。時頼が名執権であったことにしたいための捏造である。つまり時頼は上記の話を作らねばならないような人物だったのである。

時頼は康元元年（一二五六年）十一月二十二日、最明寺で出家し最明寺入道と名乗った。この時、彼は執権職を重時の嫡男、北条長時に譲ったが、依然として政治の実権を握り続けた。この処置は時頼が自分の家系が執権職を継ぎ続けるためである。つまり長時と、これに続いて執権となる北条政村は、時頼の嫡子、時宗が成長するまでの中継ぎ「眼代」に過ぎなかったのである。

時頼は弘長三年（一二六三年）十一月二十二日、最明寺で亡くなった。まだ三十七歳の若さであった。

筆者の時頼の評価は、「鉢の木」の話が虚構なので、異常に権力欲が強く策略を弄する、好ましくない人物である。しかし自分の家系だけが執権職を継ぐというルールを作ったのは、以後の後継者争いの種を摘み取ったもので、以後この「得宗家」の権利は建武の中興で幕府が滅亡するまで続いたのである。歴史小説家、永井路子氏も、時頼の小説を書こうとすると、彼が善人か悪人かわからなくなる、と言っている。

## 3 時宗の登場と蒙古国書到来

時宗は北条時頼を父、北条泰時の弟重時の娘を母、松下禅尼を祖母として建長三年（一二五一年）五月十五日に生まれた。松下禅尼は障子紙は破れたところだけ貼りかえればよい、と倹約を諭したことで知られている。鎌倉武士は権力を持っても生活は質素を心掛けたのである。

さて高麗では蒙古軍に全土を占領されていたが、高麗国王は江華島に逃れて蒙古に抵抗した。江華島と高麗本土とは、僅かしか離れていなかったが、海が苦手の蒙古軍は江華島に攻め込むことができなかったのである。しかし文永八年（一二七一年）、遂に高麗王は蒙古に降伏し本土に戻った。そして蒙古の言いなりになった。クビライも自分の娘、クトゥルク＝ケルミシェを高麗王の息子に嫁がせ高麗との関係を強固にした。息子は結婚後すぐ即位して忠烈王と名乗った。

クビライはかねて我が国に関心を持っていた。その理由をのべよう。大旅行家、マルコ・ポーロは長年蒙古の首都、大都に滞在し、我が国について以下のように彼の書いた『東方見聞録』に記している。

「ジパング（日本）は東の大洋中にある大きな島国である。住民は肌の色が白く礼儀正しい。金がよく取れるが、海を隔てた島国なので商人が余り訪れず金が溢れている。国王の宮殿は屋根瓦から床まで金でできており、その価値は計り知れない。赤い鳥が捕れるが頗る美味である。また宝石も産する――」

これが蒙古人が我が国に対して抱く概念だったのである。クビライも当然我が国に興味を持っていた。

文永二年（一二六五年）、ある高麗人がクビライに我が国との通商を進言した。

「皇帝陛下、私は陛下に日本国との通商を行われますようお勧め致します。日本は以前には唐との通商を行っており、これで莫大な利益を上げておりました。我が蒙古帝国でもこれを行えば、利益を得られるばかりでなく、現在交戦中の宋を牽制することにもなりましょう」

そこでクビライは我が国に使者を出すことにした。しかしクビライは五度にわたって使者を我が国におくったが、海が苦手の蒙古人の使者が、いずれも玄界灘の怒涛を見て恐れ、我が国に行かずに引き返してしまった。しかし文永三年（一二六六年）正月、遂に高麗からの使者、趙良弼がやっと玄界灘を越えて、蒙古からの国書を携えて我が国にやってきた。国書はまず九州の大宰府で受理され、次いで鎌倉へ送られた。

国書にはおおよそ以下の文言が記されていた。

「大蒙古国皇帝、書を日本国王に奉る。古より小国の君主は、国境を接している国とは親睦を保つよう努めるものである。我が蒙古帝国は天命を受けて天下を悉く領有する。遠方の国で我が威を畏れ靡く者は数しれない。以上のことは日本国王も知っているだろう。願わくば誼を結び友好を深めたい。皇帝は四海を以て家となす。兵を用いることを誰が好むであろうか。王はこれを考慮されよ」

この「兵を用いる」との語句には、「おとなしくいうことを聞かねば容赦しないぞ」との恐喝が含まれていた。

「なんだ、この無礼な書面は。こんなものに返事などだすことはない」

幕府はこの国書を一応京の朝廷に送り返事を出さないことにした。当時の天皇は亀山天皇である。勿論朝廷には返事をする権利も意思もない。

趙良弼は百人の従者と共に大宰府に一年間滞在し我が国の返事を待ったが、返事は得られず帰国した。しかし彼らは我が国の現状を詳しく調べていた。そしてクビライに次のような報告と意見を述べた。

「日本人は荒々しく獰猛で殺を好み、父子の親、上下の礼を知りません。日本人を得ても役立たず、地は山水多く田畑を耕すに適しません。また軍が船で海を渡る時、海風が変わり易く、軍船が損なわれかねません。日本へ兵を送るのはお止め下さい」

クビライは成程と思い、日本遠征を一旦取り止めた。

ここで本書の読者は、本書にすでに描かれた事実を思い出して頂きたい。まず和田義盛は、頼朝に勝手にねだって侍所の別当、つまり武士をまとめるべき職に就きながら、範頼軍に属して平家討滅軍に加わりながら、戦がはかばかしく進まないと、もう鎌倉に帰る、と駄々をこね、さらに壇ノ浦では遠矢を自慢して恥をかく始末であった。また、佐々木高綱が梶原景季を差し置いて名馬、生月を頼朝から拝領すると、景季は激高し高綱と刺し違えようとし、高綱が嘘をついて誤魔化すと、忽ち機嫌を直した。鎌倉武士はこのように勝手、粗野、単純、意地っ張りであった。蒙古の使者、趙良弼の見たところでも、武士は獰猛で礼儀知らずで殺を好む、とある。

義時が目ざし、成し遂げた鎌倉武士の統一は、実にこのような人々の統一という難事業だったのである。

蒙古に返事はしなかったが、文永五年二月になると、幕府は「異国人凶心を持ち我が国をうかがっている。用心せよ」との命令を諸国の武士たちに伝えた。我が国の軍事を担当する幕府が蒙古防御の方針をとったのに対し、京の朝廷ではもっぱら異国調伏の祈願が行われた。現代から見れば朝廷の祈願の効果などあり得ないのであるが。

そして同じ年の三月、十八歳になった時宗は時頼から長時、政村らを経て執権職に就任した。長時、政村は、いずれも時頼の子、時宗、つまり北条氏の正嫡が成長するまでの中継ぎ（目代）であった。それほど時宗は北条氏から期待されていたのである。
「時宗よ、おまえは今や立派に成長した。私はおまえに安心して執権職を譲ることにした。これまでの連署の経験を生かしてしっかりやっておくれ」
時宗に執権職を譲って引退する北条政村が言った。政村は泰時の異母弟で、まだ年小の頃、伊賀局の陰謀に巻き込まれたが、義時の跡を継いで執権となった泰時の温情で咎められることもなく、時宗への中継ぎのような形で執権を務めていたのである。

執権となった時宗は異国警固番役を新たに設け、九州にも領地を持つ関東の武士たちに九州へ赴き蒙古に備えるよう命じた。彼らは承久の変後幕府が得た京以西の土地を貰った、新補地頭たちであった。そしてこれを機会に九州に定着した者が多い。また、高麗の記録によると、我が国の船が密かに高麗の船と海上で何か遣り取りをしていた、と記されている。我が国の記録にはないが、幕府は高麗の情報を探っていたのであろう。

日蓮上人は貞応元年（一二二二年）安房に生まれ、三十二歳で日蓮と名乗り法華宗を開き、翌年から辻説法を行った。そして「立正安国論」を著し、これを時宗に贈呈した。この著書は対話形式で書かれており、法然上人が広めた念仏の流行により、人々は安易に念仏さえ唱えれば救われると信じ、真の仏法がおろそかにされている、と説き、これに対する仏罰として我が国は他国からの侵略を受けるだろうと予言している。この予言は文永の役で的中する。

日蓮はこの災厄を調伏し得るのは自分だけである。自分に任せよ、と主張した。しかし彼の主張は受け入れられなかった。そして日連は佐渡へ流罪となったが、鎌倉の近郊の龍ノ口に差し掛かると、急に斬首の刑に処されそうになった。しかしこの時、江ノ島の方から得体の知れぬ光が飛んで来たので、処刑人は恐れて太刀を取り落とし、日蓮は命を助かり佐渡へ流された。

## 4　文永の役

さて一旦我が国の征服を取り止めたクビライは前言をひるがえし、長年蒙古に抵抗して来た高麗の「三別抄」を平定すると、高麗を督励して軍船大小九百隻に二万の兵をのせ、忻都を大将、洪茶丘と劉復亭を副将とする軍を我が国に差し向けた。三別抄とは高麗全土が蒙古に占領された時、陸から離れた島嶼に拠って蒙古に抵抗した人々を言う。彼らは我が国に来援を乞うたが、幕府は事情がよく理解できなかった。

蒙古軍は文永十一年（一二七四年）十月五日、まず対馬に上陸し、守護代、宗助国は奮戦の末討ち死にした。蒙古軍は残酷で捕らえられた住民は手のひらに穴をあけ船べりに吊るされたという。

ついで蒙古軍は十月十四日壱岐を襲い、守護代平景隆が討ち死にし、更に蒙古軍は十月十五から十六日は肥前沿岸、平戸島など松浦党の根拠地に攻め入り、佐志房とその息子たちが戦死した。

そして蒙古軍はいよいよ博多湾に侵入し十月二十日海岸に上陸した。鎌倉の時宗の命令で九州に集結し蒙古軍に備えていた少弐景資を総大将とする我が軍は、上陸した蒙古軍を勇んで迎え撃った。

「やあれが蒙古軍か、馬をほとんど持っていないではないか。一気に蹴散らしてやる」

我が軍は勢い込んだ。しかしあとがいけない。「やあやあ我こそは――」と名乗りをあげ、古式に則って鏑矢を放つと、海岸に群がった蒙古兵は滑稽と思ったかどっと笑い、矢を射かけてきた。矢には毒が塗ってあり当たると体が痺れた。また彼らは火薬で鉄砲を発射し、馬が驚いて跳ねた。

こうして全く勝手の違った我が軍は、初めの戦闘で夥しく討たれた。これに懲りた我が軍は、敵との距離を置いて弓矢で応酬した。それでも蒙古軍に押されじりじりと後退する。この結果筥崎八幡宮は焼き払われ、我が軍は大宰府に退いた。

この戦闘中、立派な甲冑を身にまとった大男が馬に乗り大声を上げ薙刀を振るって突進してきた。

「あの男を射落とせ」

我が軍の矢を胸にうけて落馬した大男は蒙古軍に助けられて退いた。副将の劉復亨であった。これを機に蒙古軍の前進は止まった。

大宰府に退いた我が軍を前に蒙古軍は協議し以下のような遣り取りがあった。

金方慶「本国から遠く離れて敵地に入った軍は、韓信の背水の陣のようなもので、よく戦う。明日も戦わせていただきたい」

忻都「少数の兵が敵地に留まり、日毎に増えてゆく敵と疲れた兵で戦っても全員捕虜になるばかりだ。撤退しよう」

副将の劉復亨が負傷したこともあり、当初の威力偵察の目的は達成したと考えて、蒙古軍は翌日高麗に引き上げていった。蒙古軍は弓矢などの補充を十分準備していなかったのである。なおこの帰路、蒙古軍は暴風雨に遭い、多少の損害がでたといわれる。我が軍は拍子抜けしてしまったが、とにかく蒙古軍はいなくなったのである。この時の我が軍の苦戦の様子は竹崎季長の絵巻物に描かれている。

蒙古軍撤退の報せが京に届いたのは十一月六日であった。当時の最も早い通信手段である飛脚、早馬でも、大宰府と鎌倉間の通信には十二日掛ったのである。このため、時宗は蒙古軍が去った後、全国の武士に蒙古軍に備える動員令を発している。

幕府は船で高麗に反攻する案を立てたが、これは実現しなかった。我が国の貧弱な船を考えれば、この計画は所詮不可能であったろう。しかしこのような計画を立てたことは、当時の我が軍の士気の高さを示したものである。

## 5 弘安の役

「なに、蒙古が使者を送ってきたか。さんざん残虐な行為をやりおって。問答無用、斬り捨ててしまえ」

その後クビライは我が国が前回の襲撃に恐れをなしたか否かを打診するため使者杜世忠を派遣したが、鎌倉の執権時宗は問答無用とばかり彼を鎌倉近傍の龍ノ口で斬り捨てた。杜世忠の処刑をクビライは長いこと知らなかった。

この時、処刑された使者、杜世忠は教養のある人物で、処刑に先立ち以下のような意味の詩を詠んだ。

「私が使者になった時、妻子は寒さを凌ぐ衣服を贈ってくれた。そして何時帰ってくるかと尋ねた。もし私が使命をはたし、立身して帰ってこられたら、私の妻は蘇秦に対して彼の妻がやったように、機織りの手を止めないような仕打ちはしなかったろうに」

この詩のなかの蘇秦のくだりは、蘇秦が目的を達せず妻のもとに帰ってきた時、妻は機織りを続けた、つまり相手にせず無視したという故事を引用したものである。この詩を詠んだあと、彼は落ち着いて斬られた。

使者を斬り捨てる行為は国と国の仕来りを知らない野蛮な行為であった。杜世忠の最期が立派だったので、一層野蛮さが際立つ。しかし後世の頼山陽の日本外史、水戸光圀の大日本史などでの評価は、国威を発揚したと肯定的に考えられている。

時宗は九州の武士たちは三か月交代で「異国警固番役」を務めることを命じ、また約六万人の軍勢を九州に送り、蒙古軍の襲来に備えた。

さて、弘安二年（一二七九年）長年蒙古に抵抗していた宋が遂に降伏すると、クビライはまた周福らを使者として我が国に送り、蒙古に降伏するか否かを問うた。この時の国書は宋の旧臣が我が国に蒙古への降伏を勧める文言の形で書かれていた。幕府は問答無用とばかりに、彼らを大宰府で斬首した。

クビライはもとの宋軍を主体とした十万の日本遠征軍（江南軍）を組織し、さらにこれに高麗の蒙古軍（東路軍）四万を加えて、一挙に我が国を征服しようとした。まさに国難である。杜世忠らの処刑が伝わると、これに復讐してやろうと、彼らの戦意は増大した。東路軍は忻都と洪茶丘が指揮し軍船六百隻、江南軍は阿塔海と范文虎が指揮し軍船三千五百隻である。江南軍には蒙古に降伏したもと宋兵が多く乗り込み、農具を携えて屯田持久を企てていた。つまり占領地を耕して食料を自給する予定だったのである。

蒙古軍はまずこの二つの軍が合流してから我が国を襲う予定であったが、江南軍の主将が病気になり出発が遅れたため、東路軍のみがまず弘安四年（一二八一年）五月二十一日対馬を襲い、次いで壱岐を経由して博多湾に入った。この両島での蒙古軍の残虐ぶりは前回と同様であった。

しかし博多湾海岸には、前回の戦訓により延々と高さ約二メートル、幅約三メートルの石築地が構築されて蒙古軍の上陸を阻んでいた、蒙古軍はやむなく博多湾の海中に突き出た岬である志賀島の一角に上陸して、彼我の白兵戦が行われた。我が軍の士気は高く、剣技に劣る蒙古軍はともすれば劣勢で、洪茶丘が危うく討ち取られそうになったこともあった。蒙古（元）の記録には「日本軍突進し官軍潰ゆ、洪茶丘僅かに逃がる」と記されている。また蒙古軍には疫病の流行により二、三千人の死者が出た。

蒙古軍はやむを得ず一旦志賀島から壱岐に撤退した。我が軍は壱岐に押し寄せ激闘が続く。ここで東路軍では軍議が行われた。

忻都「六月十五日までに我が軍は江南軍とここで合流するはずであったが江南軍は現れない。我が軍は兵は疲れ船は朽ちようとしている。どうしたものか」

金方慶「我が軍にはまだ糧食に余裕があります。江南軍を待ちましょう」

蒙古軍は七月二十二日にようやく平戸島や五島列島にやってきた江南軍と合流し、鷹島周辺に集結した。海面をうずめる多数の軍船は壮観で、我が軍は息をのんで見守るばかりであった。

「なんという大軍だ、しかも我々が持たない大船に乗り込んでいる。でも船に乗っている限り攻撃はしてこない。我々の方から攻撃してやろう」

蒙古の大軍を前にして、我が軍の意気は盛んであった。

七月二十七日、我が軍は小舟に乗って蒙古軍を攻撃し、船に乗り付け切り込んで蒙古軍をなやませた。河野通有などの奮戦が有名である。このため蒙古軍は大船を鎖でつないで防御した。これが台風襲来の時、多数の船が一挙に転覆する原因となった。この時の戦で蒙古軍は将軍級の武将が戦死するなど、大きな損害を受けた。

もしこの大軍が攻撃を開始したら、我が国は巨大な不幸に陥ったかもしれない。しかし蒙古軍は、二十七日の損害にひるんだのか、鷹島から動こうとはしなくなった。蒙古軍は我が軍の勇敢さを恐れていたのであろう。

幸運にも、このように蒙古軍の動きが鷹島で停滞するうち、七月三十日夜半この季節に多発する台風が九州一帯を襲った。

この台風により蒙古軍の大船は一挙に転覆、水没し、僅かに残った残りの船は命からがら根拠地に逃げ戻った。我が軍は鷹島に取り残された二万人余りの残敵の掃蕩戦をおこなった。宋の出身の者は命を助けられたが、その他のものは皆斬られたという。蒙古軍壊滅の報が京に届いたのは十一月六日であった。当時はもっとも早い通信手段である早馬飛脚でもそれほど時間がかかったのである。したがって蒙古軍壊滅時に鎌倉では、対馬、壱岐への元軍の襲来の報せがあると、油断ならず、と時宗は全国の武士に動員令を発し、その軍勢六万人が九州めざして進軍中であった。

この弘安の役で鎌倉幕府は約八万の軍勢を動員したという。この数は元軍に比べてさして遜色はなく、しかも士気は極めて高かった。この大軍の後方支援を抜かりなく鎌倉から続けたのが執権、時宗であったが、その心労はいかばかりであったろう。この時ぶつかり合って破壊した船は江南軍の方が東路軍よりはるかに多かった。江南軍の船は粗製乱造されていたのだろう。

蒙古軍の失敗は、両軍の合流の遅れと志賀島の戦いでの我が軍の勇戦に恐れをなして攻撃を逡巡し、決戦の機会を逸しているうち台風が襲来したためであった。しかしなんといっても蒙古軍の失敗の陰には、我が軍の勇戦、敢闘があったことは強調されねばならない。

こうして我が軍が戦っている時、京都の朝廷では亀山上皇以下もっぱら戦勝祈願に明け暮れていたのであった。もし武士がこの朝廷のように国家を外敵から守る義務を放棄し、ひたすら祈ってばかりいたらどうなっていたであろうか。

さて弘安の役後、クビライは家臣と日本遠征の結果について語り合った。ある者はこう言った。

「日本は国土広く民多く、一方、国土は山林が多く耕すに適しません。したがってこの国をたとえ征服しても、得られる利益は殆どありません。一方、海を隔てて我が軍の補給や援軍の派遣をするのも困難です。このような国の征服を企むのは、真珠を弾にして雀を撃つようなものです」

　またある者は言った。

「今度の日本征服に失敗したのは我が国の船が脆弱だったためです。次回は頑丈な高麗の船だけを使えば成功するでしょう」


　クビライはまだ我が国遠征の準備を進めていたが、満州でおこった「東方三王家の反乱」の鎮圧に六年を要したため、我が国への遠征は行われずに終わった。東方三王家とは、成吉思汗の三人の兄弟がそれぞれ領土を持って王国としていたことをさす。

## 6

# 幕府の払った代償と功績

蒙古（元）の史書には弘安の役について「帰らざる者、十に七、八」と記されている。壊滅的な敗北であった。しかしクビライはこれにも屈せず、三度目の日本遠征の準備をすすめた。しかし満州に起こった反乱の鎮圧に手間取り、日本遠征は行われずに終わった。

「神々が風を吹かせて蒙古軍を撃退して下さったのだ。なんという有難いことだ」

人々はこう言いはやした。

弘安七年（一二八四年）四月四日、蒙古の襲来から我が国を守るため心身をすりへらした北条時宗は三十四歳で死去した。ここでは鎌倉幕府が元寇に対して支払わねばならなかった代償とその功績について考えてみよう。

まず勇敢に戦った人々に対する恩賞である。文永の役と同じく、相手は蒙古軍なので、新たに得た領土などはなく、これまでは地頭の任命などで武士に与えていた恩賞は執権を務める北条家が支配地を削って支出せねばならない。また朝廷の戦勝祈願の恩賞も支出せねばならない。このため執権家の京以西の知行地は甚だしく減少した。しかも幕府はいつまで続くかわからない蒙古軍の再来にも備えねばならなかった。博多湾沿岸の石築地の工事は、弘文の役後約五十年、建武の中興による幕府の滅亡の一年前まで続けられたのである。これによる幕府の財政の弱体は、鎌倉幕府が滅亡する一因となった。

時宗の子、貞時の執権時代、幕府は「徳政令」を出した。これは武士を困窮から救うために考えられたもので、要するに借金の帳消しである。しかしこんな小手先の法令で問題が解決するはずがない。損をした債権者が貸し惜しみを始めたのでこの徳政令は失敗に終わった。

弘安の役の台風の襲来は「神風」とよばれた。そしていざとなれば我が国の神々が神風を吹かせて国を守ってくれる、という信仰がうまれた。これは我が国民に「国家意識」が根付いたことに外ならない。南北朝時代の武将、北畠親房の「神皇正統記」には、「蒙古の大軍が我が国に襲来したが、神風が吹いてこれを追い払った」とのみ記されており、武士の敢闘については一言も触れられていない。日本外史や大日本史では時宗と我が軍の健闘が称揚されているのと対照的である。

こうして蒙古襲来により呼び覚まされた我が国の人々の「国家意識」、「国民意識」は長く残り、明治維新前後の我が国の「国民としての意識」の育成におおいに貢献したのである。この国民としての意識を持たなかったインドは、多数の藩王国が互いに争った結果、英国の植民地になってしまった。

これに対し我が国では、明治維新に先立ち徳川幕府をフランス、薩摩、長州などを英国が援助し、危うく仏領東日本と英領西日本に分裂するか、という状況となったが、結局そのようにならずに済んだ。これは明らかに蒙古襲来で培われた国民意識によるものであった。

繰り返すが、もしも元寇の際、幕府ではなく依然としてもっぱら神仏に頼る朝廷が政治の実権を握っていたらどうなっていたであろうか。筆者はたとえ一時的であっても、蒙古軍が屯田持久の策を立てていたことからみて、九州は蒙古に占領され、ここを足場として蒙古軍は京に攻め上っていたであろうと考える。そして朝廷は京を捨てて逃げ、我が国の大きな部分はかなりの期間蒙古に占領されていたであろう。

「念仏無間、禅天魔、真言亡国、律国賊」と唱えて仏教の他宗を攻撃し、執権時宗に蒙古襲来を予言した「立正安国論」を提出し、危うく龍ノ口で斬られそうになった日蓮上人は文永の役の頃は流罪を赦免され、佐渡から鎌倉へ帰っていた。彼はどうやら筆者と同じことを考えており、蒙古に取り入って日蓮宗を広めようと思っていたらしい。しかし実際には彼の思惑は外れ、失望した日蓮はその後、身延山に籠り、半ば世間との交わりを絶って生涯を終えた。

明治二十五年（一八九二年）、国家防衛の観念を国民に広めるための事業の一つとして、軍歌「四百余州を挙る十万余騎の敵――」が作曲され、小学校の唱歌として愛唱された。この歌詞には「なんぞ恐れん、我に鎌倉男子あり――」とある。福岡市の亀山上皇の銅像もこの事業によるものである。この事業は日清戦争、日露戦争の際の愛国心の涵養に大きな役割を果たした。

昭和に入り第二次世界大戦が近づくと、時宗は我が国を蒙古襲来から守った大恩人であることが強調され、大戦中の「神風特攻隊」に繋がっていった。

## 7 時宗と禅僧たち

時政、義時の執権時代、鎌倉は血なまぐさい権謀術数の舞台であったが、義時の死後、泰時の孫、時頼による三浦氏の滅亡、時頼の子、時宗による庶兄時輔の誅殺などがあったものの徐々に安定してゆく。時頼が建長寺を、時宗が円覚寺を創建し、参禅に励んだのは、このゆとりを反映している。

時宗の父、時頼は熱心な参禅者で、宋から寛元四年（一二四六年）自らの意思で来日した蘭渓道隆に禅を学んだ。時宗が最初に禅を学んだのも道隆である。しかし道隆は幕府から蒙古の間諜ではないかとの嫌疑を受け、一時甲斐に流罪になるなど、やや不遇であった。道隆の死後、時宗はしきりに道隆の追善供養をおこなったが、これは道隆が冤罪で配流されたことへの償いであった。

時頼はまた、宋から文応元年（一二六〇年）、兀庵普寧を招いた。普寧は建長寺の本尊、地蔵菩薩の像を拝礼せず、逆に地蔵菩薩に向かって「檀を下って自分を拝礼せよ」と一喝したという。彼はその奇矯な性格から周囲の人々と摩擦を生じ、来日の六年後時頼が死ぬと宋へ帰国した。当時時宗は十五歳で、両者の間にどの程度の交流があったかは不明である。

蒙古の国書到来の翌年の文永六年（一二六九年）、宋の禅僧、大休正念が来日した。時宗十九歳の時である。時宗は彼のために禅興寺を建て、みずからそこに赴いて教導をうけた。正念の指導は公案のやり取りを用いていた。幾つかその例を示そう。

ある冬の日、時宗は大休に扇子を送り「必要のない冬の扇子、捨てたが好いか、捨てないがよいか、如何」と問うと、大休は答えた。

「あなたの御意のままに」

また円覚寺での僧たちへの供養の際、時宗は大休に問うた。

「斎に出された饅頭を噛んで破る者もあり、破らない者もある。如何」

大休の答えは「無歯の趙州（有名な禅僧）が噛んで破った」であった。

このように公案の問答は一種の遊びのようなところがあり、時宗はこれに満足できなかったようである。彼は道隆の弟子だった無及徳詮と傑翁宗英の二人を宋に派遣して名僧を求めた。この結果実現したのが無学祖元の来日であった。この時宋はすでに蒙古に滅ぼされていた。祖元は宋にいた時寺院に侵入してきた蒙古兵に危うく斬られそうになったが、泰然として「大元珍重す三尺の剣、電光影裏に春風を斬る」と喝を唱えると、蒙古兵は驚き、彼を礼拝して引き下がり事なきを得たという。

祖元の来日後、無及徳詮は祖元の通訳となり、傑翁宗英は祖元に従者として仕えた。

祖元は弘安二年（一二七九年）に来日するとまず建長寺の住持となり、ついで時宗が創建した円覚寺の住持を兼ね、後また建長寺専任に戻るなど、主として建長寺で過ごし、時宗の禅の指導をおこなった。

祖元の禅は「宋朝禅」で、儒教・道教、仏教の一致を説き、禅の保護者、つまり執権の時宗のために禅を説くことを義務としていた。その参禅者への指導は懇切丁寧で、「老婆禅」といわれた。祖元は日本語を解さなかったので、彼の言葉は通訳により日本語に訳され、また参禅時に杓で肩を打つ時は代わりの者が打たれた。執権を討つのは恐れ多いと遠慮したのである。彼の語録を見ると、儒教の論語なども引用している。例えば「己の欲せざる所を人に施すなかれ」などの言葉はわかりやすく、武士の心に響いたであろう。

また蘭渓道隆や大休正念は弟子に公案を与えこの回答を求めさせることで禅の境地を深

めさせたが、無学祖元は公案を否定したところから参禅を出発させた。

時宗が祖元に向かって「私は小心者で、蒙古のことが気になって思い悩んでおります」と訴えると、祖元は「自分が小心者と認めていることは、あなたが小心者ではないからです」と答え、さらに「莫煩悩」と唱えた。「思い煩うこと莫れ」という意味である。弘安の役で蒙古の大軍が襲来することが明らかになった時、時宗が再び祖元に覚悟を問うと、祖元は「驀直進前」、ひたすら前に進め、と答え、これに応じて時宗が「喝」と叫ぶと、「金毛の獅子遂に檻を破る。もうあなたにとって恐れるものはない」とその意気を賞賛した。

後年、頼山陽はその日本外史のなかで元寇に際しての時宗の断固たる態度を描写して「相模太郎、胆甕の如し」といった。国学者、本居宣長は承久の変を「言語道断の逆さまごと」と非難したが、「時宗が蒙古を撃退した功績により、承久の変で義時が犯した大罪の幾分かは償われた」と述べている。

時宗は文永、弘安の役に心身をすり減らし、弘安七年（一二八四年）四月四日午後一時に亡くなった。祖元は時宗の臨終に立ち合い、「臨終の時、死を忍んで老僧（祖元）の衣法を受け、了として解を称し長行せり」と彼の臨終の様子を記し痛惜した。葬儀では大休正念が霊棺を墓所に送り出す際の仏事を行い、祖元が霊棺に点火する仏事を行った。また両人はそれぞれ時宗を弔う弔辞を述べた。祖元の弔辞は「時宗には孝行ほか十種の徳があり、自分は時宗のために一生を捧げるつもりであったが、先立たれてしまった。時宗とは仏の世界の兜率天でまた会おう」と呼びかけている。一方、正念の弔辞には時宗が「即心即仏、非心非仏」の公案を発悟したことが讃えられており、公案を否定した祖元に対するこだわりが感じられる。祖元は弘安九年九月三日、六十一歳で亡くなった。

同年、時宗の子、貞時が十四歳で執権に就任した。

## 8 後鳥羽院の歌道への情熱

話は元寇以前にさかのぼるが、ここで改めて隠岐の後鳥羽院の生活とその最後について筆者の想像を交えながら語りたい。

後鳥羽院の配所は隠岐の島の西島にあり、すぐ前の中島と向き合っており、荒削りの材木で建てられたため黒木御所と呼ばれた。この御所は海岸から少し奥に入った入江に建てられており、いかにも侘しいところであった。しかし景色はよく、付近には民家もあり、民の生活に接することができた。多趣味な院は、京で打ち込んでいた刀鍛冶を隠岐でも行った。彼は鍛冶師を全国から招いて毎月一振りの刀を自ら鍛えた。島民たちはこれを「新御番鍛冶」と呼んだ。近年、島民たちによりこの新御番鍛冶を行事として復活させる計画が進んでいる。

後鳥羽院が暮らした黒木御所は、当時の記録の記述を引用すると、「海つらよりは少しひき入りて、山影に方添えて、大きやかなる巌のそばだてるをたよりにて――」、あるいは「海水岸を洗い、大風木をわたること、もっとも激しけれ――」などと形容されている。御所まで響く怒涛の音と、吹き付ける烈風の音が聞こえるようではないか。

隠岐に着いてまず後鳥羽院は、あの余りにも有名な歌「我こそは新島守よ隠岐の海の荒き浪風心して吹け」を詠んだのである。

歌を詠むことこそが院にとって最大の楽しみであり、慰めであり、また自分が陥った逆境に対する憤懣のはけぐちであったに違いない。ともあれ院は絶海の孤島、隠岐で、心豊かに歌道に打ち込む心境に達した。この感動的な院の活動をみると、あたかも敗者の院が勝者のようにも思えてくる。真に芸術とは不思議なものである。

後鳥羽院の配所での詠歌は、遠島百首としてまとめられている。

藻塩焼く海士のたく縄うちはへて　くるしとだにもいふ方ぞなき

限りあればさても堪へける身の憂さよ　民のわらやに軒をならべて

これらの歌には、京の御所ではありえない一般民衆の生活に触れた思いが詠まれている。

おなじ世にまたすみの江の月や見ん　けふこそよそに隠岐の島守り

今はとてそむきはてぬる世のなかに　何とかたらん山ほととぎす

波間なき隠岐の小島の浜びさし　久しくなりぬ都はなれて

知るらめや憂きめをみおの浦千鳥　しましましほる袖のけしきを

これらの歌には京から離れてしまった哀感が込められている。

百人一首を編纂し歌聖とさえ称せられる藤原定家は、承久の乱の時六十歳であったが、すでに述べたように後鳥羽院の勅勘を受けていた。そして両者は隠岐と京とに離れ、二度と会うことはなかった。院の心には定家に対する愛憎の思いが溜まっていただろう。「後鳥羽院御口伝」中で院は定家の歌に対してむきになって辛らつな批評を加えている。

「定家の歌には見るべきものもあるが、『心』が不足している、これを真似て歌を詠むべきではない――」と言うのである。この批評の真意は、定家の歌は「歌つくり」の歌で、いたずらに技巧を凝らすが、精神性に欠けるという指摘のようである。そして歌を詠む者は「歌詠み」であるべきとする。「歌詠み」の歌には作者の深奥が反映されなければならない。いずれにせよ、この批評にはまだ院の心中で、老いの至るのを知らない情熱の余燼が感じられる。

定家は百人一首に院の歌を二首選んでいる。有名な「人も惜し人もうらめし味気なく世を思うゆえに物思う身は」と「ももしきや古き軒端のしのぶにもなおあまりある昔なりけり」である。しかし彼が承久の変後に後堀河天皇の命により編纂した勅撰和歌集には院の歌は含まれていない。院が乱の当事者であるため、憚ったのであろう。

泰時らは京の歌人が隠岐に渡ることを厳しく禁じたので、後鳥羽院と歌を詠みかわす者はいなかった。しかし院の家来の高倉清範がときどき京と隠岐を往復して情報を伝えてくれるようになった。このおかげで後鳥羽院母の七条院、寵妃修明門院、高僧明恵、歌人藤原家隆や配流されている、土御門、順徳とも歌などのやり取りをおこなうことができた。
そしてこれらの資料を基に、「遠島百首」「後鳥羽院御自歌合」「定家家隆両卿撰歌合」「時代不同御歌合」「遠島御歌合」「詠五百首和歌」「隠岐本新古今和歌集」などを編纂した。驚くべき情熱と精力である。

概して言えば、後鳥羽院は隠岐の島でその歌風を、新古今和歌集の編纂を定家と共に行っていた頃に比べ、より内省的、抒情的に変化させ、定家は京にあってその作風をますます技巧的にしていったといえよう。そして、後鳥羽院が隠岐で編纂した多数の歌集は、京の人々の目に触れることは全くなかった。従って、後世に与えた影響は定家のほうが圧倒的に大であったことは致し方ない。

## 9　後鳥羽院の死

後鳥羽院が京へ戻る機会は何遍かあった。まず義時、政子、大江広元が死去し、泰時が執権に就任した頃である。しかしこれは単なる「うわさ」に過ぎなかった。飢饉が起こり後鳥羽院の怨念の祟りではないか、と言われた時も同様であった。

しかし三度目は違った。京の朝廷の人々が幕府に正式に後鳥羽院が京に帰ることを打診したのである。しかし泰時の返事は、「家人一同然ルベカラザル」(一同賛成いたしかねます)というつれないものであった。幕府は承久の乱の再来をそれほど恐れていたのである。

これで後鳥羽院は生涯京の土を踏むことはできないと覚悟した。

「そうか、幕府はまだわしが乱を起こしたのを恐れているのか、これでわしがこの島の土になることが決まったな。しかし今更京へ帰っても仕方がない。これでよいのだ」

後鳥羽院は近臣にあてて、自分が持っていた十か所に余る離宮のうち最も愛した水無瀬の離宮を永く保存するように命じ、自分の財産の分配を指示した。水無瀬川は京と大坂の境界で淀川に合流する川で、院はかつて「見渡せば山もとかすむ水無瀬川　ゆうべは秋と思いけん」と詠んだ。この歌は院の詠んだ秀歌として高く評価されている。

水無瀬川離宮は院の配流後朽ち果てていたが、後鳥羽院の子、阿波の土御門院が、院のために水無瀬宮の神号を献じ、水無瀬宮が建てられた。江戸時代までは寺院であったが、明治維新の神仏分離令により神社となり現在に至っている。

義時が六十二歳で死んだ元仁元年（一二二四）の翌年には北条政子が六十九歳で没した。寛喜元年（一二二九）には後鳥羽院の母、藤原兼子も七十五歳で亡くなり、そして寛喜三年（一二三一年）には阿波に流されていた土御門上皇が三十七歳で崩御した。さらに文暦元年（一二三四年）には義時によって廃された仲恭天皇が十七歳で崩御し、同じ年には後堀河上皇も崩御した。後鳥羽院は愛した者も、憎んだ者も、その死に先立ち冥府へ伴ったかのようである。

さて、後鳥羽院にも死が近づいてきた。院にとって最後の夏となったある日、涼しい風に誘われるかのように、蝉がなきはじめた。院は思わず「吹く風の涼しくもあるか」と口ずさんで、これが亡き実朝の歌であることに気づいた。後にドイツの大文学者ゲーテが喝破したように、「芸術と自然とは結局一つのものにすぎない」のである。

「実朝よ、おまえは本当の天才であったな」と院はつぶやいた。

「わしも遠からずおまえのところにゆくだろう。それが楽しみだ」

延応元年（一二三九年）二月二十二日、六十歳で後鳥羽院は崩御した。弘安の役に先立つこと四十二年であった。院の遺骸は行在所の近くの源福寺で荼毘に付され、遺骨は近臣が首に掛けて京に持ち帰り水無瀬の御影堂に祀られた。源福寺は明治期に廃寺となったがその跡に塔廟が建てられた。

後鳥羽院には当初「顕徳院」の称号が贈られた。しかしその年の暮れ幕府の重鎮、三浦義村が頓死し、続いて仁治三年（一二四二年）一月、四条天皇が十二歳で夭折し、さらに四条天皇を皇位につけた北条泰時自身が同年六月、高熱に苦しんだ末亡くなった。またすでに述べたように、佐渡の順徳院が仁治三年九月食を絶って憤死している。なお、院と関係の深かった藤原定家は院の死後二年経った仁治二年に八十歳で没した。

幕府は後鳥羽院の祟りを恐れて「顕徳院」の称号を「後鳥羽院」に変え、鶴岡八幡宮から遠からぬ雪ノ下の地に勧請して祀った。後鳥羽院の称号はこの時に始まるのである。

後鳥羽天皇御畫像　横濱原富太郎氏蔵
（『国史大図鑑第２巻』国立国会図書館デジタルコレクション）

# おわりに

本書の目的は、これまでの北条義時についての歴史学の文献に基づき、これに筆者の想像を加えて義時の人間像を描くことであった。

義時の為した行為は、それが悪辣で人倫に背いているため、鎌倉幕府の公的記録である吾妻鏡などでは伏せられている。本書ではまずこの伏せられているが故に真実と考えられる行為を、筆者の想像を交えて描いた。


本書では、有名な武将、畠山重忠が義時と同じ年齢の親友であったという設定で、いろいろな点で対照的な両者の対話を通して義時の人間像が浮かび上がるよう努めた。重忠は本書の前半で暗殺されてしまうが、義時の晩年に彼の夢の中に現れる。また、源義仲主従、義経主従の最後と頼朝と義時の最後とを対比させ、運命を共にする家来を持った敗者がある意味で勝者に勝ったことを強調した。

さらに本書の後半では、承久の変で義時に隠岐に配流された後鳥羽院が、歌道に対する情熱を十九年にわたって保ちつづける感動的な姿を描き、ここでもある意味での敗者の勝利を強調した。

しかし義時が成し遂げた承久の変後の処置の結果は歴史で明らかである。義時が成し遂げた、武士が政治の実権を握る体制の確立は、彼の死後の蒙古襲来に対する我が国の備えを万全に整えさせたからである。そしてこの結果の歴史的延長上に我々の現代がある。

義時はその人倫に悖る行為ゆえに異形ながら、偉大な英雄であった。彼が断固として一人の天皇を廃し三人の上皇を配流し得たのは、彼が神仏など信じていない無神論者なればこそ為しえたのである。上皇に逆らって京を攻めることの是非に関する泰時との問答や、泰時と明恵上人との問答は、明らかに皇室を憚った後世の作為である。

なお、本書を書いているうち、海音寺潮五郎氏が「悪人列伝」で北条義時を取り上げなかった理由が筆者なりにわかった。一つの理由は、義時の所業がすでに江戸時代の先人たちによって肯定的に論じられていること、いま一つは彼が「悪人列伝」を書いたのは戦前であり、皇室に言及することを憚ったためである。

筆者は、多くの独断が含まれているとはいえ、本書はできる限り北条義時の人間像に迫り得たと思っている。

終わりに繰り返すが、本書はコロナウイルスのため外出を控えている方々に、ＮＨＫの大河ドラマで取り上げられている、異形の英雄、北条義時を描いた絶好の読み物であることを強調させて頂き筆をおく。

# 参考文献


岡田清一『北条義時』（ミネルヴァ日本評伝選）ミネルヴァ書房　二〇一九年
貫達人『畠山重忠』人物叢書　吉川弘文館　一九八七年
近藤成一『鎌倉幕府と朝廷』（シリーズ日本中世史2）岩波新書　二〇一六年
司馬遼太郎『義経』文藝春秋　一九七七年
吉川英治『新平家物語』（吉川英治歴史時代文庫）講談社　一九八九年
大佛次郎『源実朝』六興出版　一九七八年
三木麻子『源実朝』（コレクション日本歌人選）笠間書院　二〇一二年
坂井孝一『源実朝「東国の王権」を夢見た将軍』（講談社選書メチエ）講談社　二〇一四年
関幸彦『承久の乱と後鳥羽院』（敗者の日本史6）吉川弘文館　二〇一二年
坂井孝一『承久の乱　真の「武者の世」を告げる大乱』中公新書　二〇一八年
上横手雅敬『北条泰時』（人物叢書）吉川弘文館　一九八八年
川添昭二『北条時宗』（人物叢書）吉川弘文館　二〇〇一年
村山修一『藤原定家』（人物叢書）吉川弘文館　一九八九年

## 著者プロフィール

### 杉 晴夫（すぎ はるお）

1933年東京生まれ。東京大学医学部助手を経て、米国コロンビア大学、米国国立衛生研究所（NIH）に勤務ののち、帝京大学医学部教授、2004年より同大学名誉教授。

現在も筋収縮研究の現役研究者として活躍。

編著書に『人体機能生理学』『運動生理学』（以上、南江堂）、『筋収縮の謎』（東京大学出版会）、『筋肉はふしぎ』『生体電気信号とはなにか』『ストレスとはなんだろう』『栄養学を拓いた巨人たち』（以上、講談社ブルーバックス）、『論文捏造はなぜ起きたのか？』『日本の生命科学はなぜ周回遅れとなったのか　国際的筋肉学者の回想と遺言』（以上、光文社新書）、『天才たちの科学史』（平凡社新書）、Current Methods in Muscle Physiology（Oxford University Press）など多数。

日本動物学会賞、日本比較生理生化学会賞などを受賞。

1994年より10年間、国際生理科学連合筋肉分科会委員長。



## 北条義時のいる風景

我が国を蒙古襲来から救った異形の英雄と、暗殺され配流された二人の天才歌人

2023年7月15日　初版第1刷発行

著　者　杉 晴夫
発行者　瓜谷 綱延
発行所　株式会社文芸社
〒160-0022　東京都新宿区新宿1－10－1
電話　03-5369-3060（代表）
03-5369-2299（販売）

印刷所　株式会社フクイン



ISBN978-4-286-24247-7